岁月留痕

刘冬梅◎著

远方出版社

图书在版编目（CIP）数据

岁月留痕 / 刘冬梅著 . -- 呼和浩特 : 远方出版社，2021.12

ISBN 978-7-5555-1669-9

Ⅰ . ①岁… Ⅱ . ①刘… Ⅲ . ①诗集－中国－当代
Ⅳ . ① I227

中国版本图书馆 CIP 数据核字 (2021) 第 278008 号

岁月留痕

SUIYUE LIUHEN

著　　者　刘冬梅
责任编辑　武舒波
责任校对　武舒波
封面设计　李鸣真
版式设计　王改英
出版发行　远方出版社
社　　址　呼和浩特市乌兰察布东路666号　邮编010010
电　　话　（0471）2236473总编室　2236460发行部
经　　销　新华书店
印　　刷　内蒙古爱信达教育印务有限责任公司
开　　本　850毫米×1168毫米　1/32
字　　数　180千
印　　张　8
版　　次　2021年12月第1版
印　　次　2022年3月第1次印刷
标准书号　ISBN 978-7-5555-1669-9
定　　价　84.00元

序

诗歌经历就是生命经历，所以刘冬梅（笔名淡然）将她的诗集题名为《岁月留痕》。《岁月留痕》的出版，不仅圆了一个普通人的诗意人生，也成就了正蓝旗上都诗词学会会员的首部汉文诗集。

2019年11月21日，我曾以《生命的张力与心灵的舒展》为题，在《锡林郭勒日报》上介绍过冬梅的诗歌创作经历和成绩。冬梅从小因病留下后遗症。当年，她曾以450分的中考成绩榜上有名，但最终因身体原因未能被录取。时光飞逝，人到中年的冬梅把喜怒哀乐种进小菜园里，织进毛衣中，刺在绣品上，唯独没想到用文字来缓解疲劳，记录生活，抒发心声。

2016年，冬梅被朋友引荐进入了旗内外作家群、诗词散曲群，参加了上都诗词学会组织的相关活动。在这个大家庭里，冬梅明白了文字原来没有贫富贵贱之分，她可以通过文字穿越时间和空间，甚至生命。这让冬梅信心满满，有了读诗写诗的感悟和激情，完成了她的处女作《童年》。她的创作灵感像一粒居住在灵魂深处的种子，自此一发不可收拾，先后有上百篇诗歌、散文作品在区内外报刊上发表并获奖。

在诗集《岁月留痕》中，作者通过岁月深处、草原之恋、家乡情思、上都情怀、歌咏四季、五月风歌、秋风行韵、冬之绪语、时光轶事，9个版块、170首诗歌，把缠绕于指间的平凡岁月，“留痕”成文字符号，收割着串串诗行，滋养着四季轮回。

“走进文字的田野/阡陌间/氤氲着诗韵哲思/入心的意味/字的轻盈/恰似心的舞蹈/灵动婉转/ 风拂过文字的烟雨/湿润润的/轻拂着芬芳的气息/流成涓涓的溪水/方块的魅力 /在韵律中升华/架起的桥/温暖天南地北。”这首《在文字中取暖》一诗，真实舒展出作者的潮汐冷暖，让读者从中也感受到诗人一个充满情趣的内心世界。诗人韩晓红认为：冬梅的诗，走心。读了，一声慨叹。门与窗，本无界。有界的是，人对门里窗里景色的划分。把写，当作一种心灵对话的过程，说给自己，也说与他人。懂了，便是欣然。

村庄是她的摇篮，她也是村庄的一部分。读冬梅的诗歌，一股清新之气扑面而来。乡村的足迹，小镇的风情，田野里的欢歌，凡作者走过的道路，驻足的地方，都用诗歌留存。在作者的家乡哈毕日嘎镇庆丰村，有一条自北向南缓缓流过的小河。小河是村子的主动脉，悠悠碧水绕过农舍、穿过草滩，沿着宽阔的河道缓缓流过，是她上学时的必经之路和儿时的乐园。她在诗歌《我爱你，家乡的小河》中写道：“家乡的小河/像一条绿色的绸带/印记着小脚丫留下的花朵/水花飞溅起孩子们的欢乐。”生命中的每一天，都呈现在冬梅的诗歌里。“晨曦中，谁家勤快的主妇/点燃灶膛里的柴火/火苗吻起一缕缕炊烟/乡村笑着醒了。”这些诗都是真情实感的流露，让人很容易在短时间内把握住一首诗的命脉。作者之所以特别喜欢歌颂家乡，不仅仅是为了书写永远不能忘却的乡愁，更主要的是想通过心灵之歌感慨岁月洗礼，彰显改革开放中的发展变化，讴歌美好新时代。“田野里/一排排的蔬菜大棚/现代化的灌溉设施急流慢淌/还有机器在奔忙/不见了脸朝黄土背朝天的背影/处处呈现着舒心的面庞/农家院里/拆了旧土坯房/盖起了砖瓦结构的新房/豁豁牙牙的草坯墙不见了/家家户户是带有壁画的红砖墙/清澈的自来水/哗哗地歌唱。”作者带着普通百姓的圆梦情节，带着草原乡野的纯朴诗情，引起了读者的共鸣。冬梅的诗之所以写得细腻、清秀、有本土气息，关键是作者源自对家乡和生活的热爱，这就是接地气。

以诗言心，以诗惠人，诗歌历来是人类最美好的表情达意手段。和其他从事创作的残疾人一样，冬梅有时也会把自己的真实生活状态融入创作中去，所不同的是她表现的不是伤痛，而是一种感恩知足。“心中的爱/如同一盏明亮的灯/天空黑暗下来/也不会迷失方向/有一个温馨的家/风雨飘摇的时候/才会有依附/有一个你懂的人/就不会被生活抛弃/能大声地说笑/像自由的鸟儿那样/便是幸福的人儿。”只有心中有责，才能让爱归家。冬梅的女儿大学毕业后上班当年，便被企业评为优秀员工。她说女儿是上天赐给她的最好的礼物。“二十四年前的今天/你来到了我的身边/柔软的小身体全心全意地依靠着我/从此我必须装上铠甲/保护我心爱的小花。”女子本弱，为母则刚。女儿是她终生的软肋，她是女儿永远的铠甲。尊重情感，真挚倾诉，传递体温，构成了其诗歌创作的基本特征。

每个人都以自己的独特体验和感觉在生活，每个人都可以在诗歌中融入自己的生命经历，并且找到自己的生命立场和心魂力量。“我骨子里长着倔强/只要活着就努力向上/任何一个向上的物体——/哪怕是一根枯树枝/都是向上攀越的动力/绽放美丽是我一生的追求”。作者在《打碗花》一诗中，将自己的生命色彩与大自然贴切相连，使艺术与生活融为一体。纵观冬梅通篇诗作，将各个细致的内容、主题、倾向都在生命经历与诗歌追寻相互融合的诗意生活中明晰地表现出来，其中有生活随感、生存体验，也有对流逝生活的依恋。作者让平淡的甚至没有什么趣味的生活经历和体验，在诗歌中从容流过，变成了令人沉思且富有情趣的人生感悟。

虽然冬梅的生活有些艰辛，语言文字底子或许有些薄弱，但瑕不掩瑜。她心中那颗诗意的种子开出了幽香的花，让心灵学会了唱歌，情感自然而饱满。在参加正蓝旗“金莲川拾遗”征文比赛中，作者通过诗歌的形式，让读者感受到曾经在金莲川上留下风云变幻车辙的国家级非物质文化遗产勒勒车，是具有生命和力量的，是草原人一种依依不舍的人文情怀。其作品主题鲜明，反映了少数民族非遗资源的特色，体现了非遗保护成就，被评为获奖作品。

“作品能够汇编成书，是因为我一路走来遇到了许多好人。”说这话时，冬梅流泪了。虽说一个作者健康成长，离不开他人的鼓励和支持，但关键是要有一种根往深里扎，尖儿往天上钻的劲头。只有用诗意的眼睛看世界，才知道生活的可爱，才会让事业有所收获。

冬梅做到了，我们向她表示祝贺！

中华诗词学会会员、内蒙古正蓝旗上都诗词学会会长

郭海鹏

2021 年 8 月 10 日

目　录

岁月深处

草原之恋

家乡情深

上都情怀

咏春四季

五月风歌

秋风行韵

冬之绪语

时光轶事

岁月深处

心中的幸福

幸福
似一盏明亮的灯
天空黑暗下来，不迷失方向
有一个温馨的家
风雨飘摇的时候有所依附
有一个懂你懂我的人
孤独的内心不被世界抛弃

呼吸尚存
思想踊跃
感知冷暖阴晴
能大声地说笑
像鸟儿那样自由快乐
便是心中的幸福

我的二〇一七

依着夜的臂弯
感受属于冬与我的那份宁静
思绪像漫天飞舞的雪花，翩然而落

二〇一七
中了文字之蛊
尘封的往事涌上心头
浅释，品味，默默领悟

二〇一七
鹤鸣灯孤，青山无语
冰到极致，痛到无言
逝者已逝，天堂可以安息
生者，仍需要前行

二〇一七
背好感动、感恩的行囊
撕碎所有的伤痛与失落
走向我心中的春天

心 愿

我愿做小小的萤火虫
让光亮在暗夜里飞翔

我愿做一枝寒梅
在风中静守一片天空
绽放，不为华美
只为历练

我愿做一滴露珠
在晨晖下晶莹
即是精彩
亦是永恒

我愿做一朵小花
阡陌里孤独地开放
努力地迎着阳光
哪怕灿烂一个季节

阅读的奇妙

打开一本书
走进作者设定的世界
在故事中找寻自己

看山的尽头、水的起源
与千年前的古人对话
思绪随着文字穿越时空

观别人不可思议的人生
吸取别人总结的经验和道理
心的世界
被高挂枝头的明灯照亮

世上只半日，书里过千年
合上书本
你不再是几个小时前的你

阅读，飞翔的翅膀
载着我们遨游知识的海洋
邂逅最好的自己

记忆里的乡村

晨曦中，谁家勤快的主妇
点燃灶膛里的柴火
火苗吻起一缕缕炊烟
乡村笑着醒了

枝头上跳跃的麻雀
争论着清晨的明媚
大公鸡引颈高歌
呼唤着美丽的开始

哞哞，几声粗犷哞吼
和欢快的狗吠声
交织成一首晨之交响
小村庄沸腾起来了
薄雾缭绕着仙宇般的绚丽
充满勃勃生机的乡村
开始了新的一天

童　年

庆丰河的溪水里流淌着
我童年的影子
东门口的角角落落
都有我纯真的欢歌笑语
我用一点一滴，一笔一画
记录着东门口难忘的往事
还有我赤着小脚丫和伙伴们
嬉戏涂鸦的天真情趣

河岸东的树林里
野花的芳香混合着榆钱清香
撸榆钱的疯丫头
被蜜蜂轻吻着
捕蝴蝶的小姑娘
咯咯的笑声，回荡在土硐堡的上空

童年，是流动的诗
河水的丰盈

养育了我不屈的性格
围子的故事，被我串联成诗集

童年的时光
涂抹在六一儿童节的画册里
炊烟袅袅，绵延着快乐
老屋煤油灯下
孕育着五彩斑斓的梦想
从快乐的童年起飞

童年，一生难忘的记忆
每一次与你相遇
都是一种怦然心动

文字中取暖

走进文字的田野
阡陌间
氤氲着诗韵，哲思
入心的意味

字的轻盈
恰似心的舞蹈
灵动，婉转
风，拂过文字的烟雨
湿润润的
轻拂着芬芳的气息
流成涓涓的溪水

方块的魅力
在韵律中升华
架起的桥
温暖，天南地北

夜的时光

心，风里相随
情，爱在悠远
我，文字里烹词煮句
把一轮月缺画成月圆

走过的脚步
烙印在岁月里
让生命的留白在安静里滋长

执念，守一树梨白
写流年，写岁月
写草木，春秋
写一挽夕阳梦中行

叮　嘱

夜晚，书桌旁翻看手机
女儿的电话撞开了家门
话没说

浓重的鼻音和喘息声
顺着手机
爬到女儿的耳畔

妈妈，您感冒了吧
看医生了吗
看过了
那吃了药，早点休息
不能再玩手机了啊

那语气
极像以前的我
对她说过

无　眠

一场雪的飘落
注定今夜无眠
风、星星很讲义气
陪我聆听
枯草下的希望在拔节，生长
看迎春花一朵朵穿上鹅黄的衣裙

无眠的夜晚撩动着
我的灵魂
你用文字和笔
穿越着时空
思想与叹息无休止地纠缠
一首诗的韵角
闯进夜的怀抱
妩媚着梦的颜色

寒衣节

风，卷起初冬的伤痛
穿越天地，穿越时空
从遥远掠过草原

马蹄声踏碎风的幽怨
仿佛听见母亲轻轻地咳嗽
扯起一股思念的味道

冥纸冥衣的花绿
篆刻着人间的离痛
捧一踏相思的烟火
继梦一场爱的延续

天堂的亲人是否孤独
黑暗中的轮回是否有期
就用人间不忘的祭奠
还您一世的亲情

冬夜的沉寂

迎风念诵虔诚的经文
点燃思念，泪洒长襟
但愿那些美丽的衣裳
让您在这个冬天不再寒冷

心 事

翻开一本书
闻到淡淡的幽香
点点酸楚随风而去
心回归温暖
回味中情思曼舞
生活在沉淀中
寻找着生命的真谛
灵魂在净化中成长

打开的同时
学会优雅地封存
它不是生活的全部
却是太阳下的一朵花
摇曳在希望的心田

追 溯

翻开岁月的日记
抚摸着沧桑走过的痕迹
细数着曾经的风风雨雨

诗一样的时光
也曾有过
花儿一样的清香
悠长悠长的小路上
洒满黄昏的牧歌

是长过了记忆的风月
依然爱如当初
长过了天地的情愫
浓烈成红尘里不老的情歌
长过了滦河水的眷恋
在草原上深深地扎着根

旧时光

一盏承载记忆的灯
在旧时光里忽明忽暗
灯芯捻长一分，记忆就清晰一寸
童年的梦随着五彩的灯花跳跃
所有美好在那昏暗的光环里延续

煤油灯的气味越过时光的前沿
伴我打开懵懂的门扉
昏暗的角落里
搏动着梦的色彩

每一次油灯被我打翻
母亲的眉头就会锁起
我知道每一滴油都是母亲的不舍
每一滴油都是希望之火
每一盏灯都是成长路上的航标

往事，落进尘封的岁月

生命的精彩在阳光下茁壮
煤油灯在历史长河中熄灭
爱的光芒，在生命的长河里传承流淌

在文字中相遇

在这有些薄凉的冬夜
你的文字
越过红尘　跌进心里
像梅花开满我的枝头

读你写下的诗句
那芬芳的气息萦绕过时空
犹如晨曦的一缕柔光
照进我多彩的世界
至此　我的生命里
多了一份牵挂和感动

虽然不曾相见
心却已贴得很近　很近
我用文字码砌成思念
寄给远方有缘的你

相遇是一场流年情缘的碰撞
也是人生路上的一次擦肩和回眸

丰盈了多少美好的记忆
妖娆了生命中那
一行
又一行的诗句

魂牵梦绕的小村庄

小村庄
温情中牵挂着我的柔肠
生我养我的地方
村头生梦　巷尾流香

风吹过
绿油油的田野
耳畔鸟语花香
儿时的梦在忆海里荡漾

清澈的小河
流淌过四季的繁华
青草伴着我的思想疯长
陪伴我度过快乐时光

那一草一木
收藏着我的笑语　我的欢歌
记录着我儿时的模样
我的故土　我的远方
一生放不下的牵挂

自己的世界

鲜活的生命
从一朵花的怒放开始
脆弱中有坚强的信念支撑
所有风华岁月一起走过流年

美丽的遇见
总会写满怦然心动
一场雨的邂逅
短暂中成了一种永恒
爱从此陪着你浪迹天涯

无垠的心海
把生命唱成一首歌
平静中蕴藏着澎湃的激情
胸口里始终燃烧着不屈的火焰

我的世界里有无奈的叹息
我的世界在精彩中砥砺
岁月的阳光依旧温暖
蓬勃的生命永远笑意前行

新的一年

跨年的钟声在零点
又一次敲响
人生一个崭新的日子
又在黎明中揭起扉页

雪花飞扬挂在树梢上
在阵阵寒风里
凝望着远去的岁月
烟花灿烂了
生命里一场新的旅程

窗外　此起彼伏地叫卖声
像一首古老动听的民谣
那一串串冰糖葫芦
像蹿腾着节日的火苗
点燃了孩子们脸上快乐的笑

春正在冰下悄悄苏醒
我们将在春风的沐浴下
启动新的期冀　萌生新的企盼

生　活

生活的窗外
有无限的风景　无尽的惆怅
还有无怨无悔的梦想
打开它　打开锈蚀的心门
另一个世界　另一个自我
会真实地展现出来

生活的许多等待
落在溪水里的月光涟漪
等待一次蓦然回首
漫写白发上的霜花
等待一场生命的邂逅
守着漂泊流离的执着
等待一场让人心潮澎湃
让人心飞跃的翱翔

时光的节拍中
弹奏着快乐的音符
感恩岁月里所有的馈赠
阳光　鲜花　雨水
还有永远美丽的生命

傲雪寒梅

——致倔强的自己

倔强的天性
写着尘嚣不允的梦
羸弱的身体
让飞翔的翅膀打折

撕开黎明的黑暗
在烈火中重生
诗歌燃烧起生命的火焰
我是凤凰涅槃

灵魂披着不屈的铠甲
自信是最美的身姿
挽起朝阳　心向远方
樯帆　破冰逆流而上

无 题

青春的霜花
悄然绽放在两鬓
记录着昔日的风花雪月
往事如风

岁月的犁
肆意在脸颊上纵横
结下一道道抹不平的皱褶
繁华谢落

日子被四季冲刷成轮回
蓦然回首
不经意间的行走
已是夕阳西下
独影叹年华

雨　夜

窗外　淅沥的小雨
滋润着大地　我的心田
思绪随雨滴起落

一些事　一些情
有时尽管如过眼云烟
记忆里却不曾淡忘　放下

倚立窗前　聆听
久别老友般的倾诉
更像远方亲人
那如醉如痴的呢喃

窗外　雨弦弹奏我的思念
雨点是跳动的音符
捎去　我的祈祷和祝福

我喜欢雨夜的静怡和孤独
雨丝萦绕着红尘的情愫
编织着我无言的梦想
在午夜里自由飞舞

岁月深处

盛夏丰满了岁月
一垄一垄的土豆长进记忆
老屋后的那片土地
是父亲和自家的老牛
开垦出来的处女地

老牛一步一步地厚重
寄托着父亲浓浓的希望
恍然间房前屋后
紫色的土豆花　金黄的油菜花
绽满父亲　母亲的笑脸

时光在往事里流逝
记忆走进岁月的深处
那些没有来得及收藏的温暖
成了生命里的痛

春去秋来　四季轮回
广袤的大地上繁华依旧

梦中看到了父亲和老耕牛
他们走过泪水的眼眶
打湿了光阴的皱褶
一种怀念撕裂着记忆
把日子拉长

牵文字之手，相伴岁月

时光流转过锦瑟年华
心底刻下的不可磨灭的印痕
拨开尘世的风烟
将经年的落花拾起
弹落在铺开的素笺上
让所有往事随风而去
看尘埃静落

迎风，浅笑
一抹季节的浅香落于心间
轻扣岁月的大门
那些平淡而真实的时光
像花儿一样
次第在指尖静静绽放

或许，太过感性
总喜欢将一颗心安放在文字中
轻弹时光的弦
以字字珠玑

来温暖有些薄凉的岁月

摒弃俗世嘈杂
那个素心的女子
守着一份浅浅的幸福
在淡墨中品味生活的馨香
在平仄中寻找寂静的安逸
一心向暖，无怨无悔

风中飘洒的花瓣

风中飘洒的花瓣
像三月飘洒的雨滴
温柔地拂过旷野
散发着淡淡的清香

你伸开柔软的双臂
拥抱大地的宽阔
敞开你圣洁的心扉
诉说着前世今生

风中飘洒的花瓣
洋溢着点点滴滴的甜蜜
我张开双臂　拥你入怀
在你即将落地的那一刻
和我融为一体

想你的世界里
看荒芜变成浩瀚的绿海

我站立在六月的天空下
用最虔诚的执爱
等花　也等你

捡拾童年

我光着小脚丫趟过庆丰河
记忆就从桥洞下走出
喊一声小伙伴的乳名
河水中就传来她们的嬉笑声

手拿几块牙膏皮
几颗马掌钉奔向收购站
于是我梦想的小巷
在一把核桃仁里蜿蜒

一条河捕捉年少的我们
水中游泳的小鱼，小蝌蚪
河边飞舞的蝴蝶
都是我们的挚爱

记忆的小舟在脑海里游荡
承载着岁月里我们开心的笑
我想逆流而上
去风居住的山谷寻找童真

心中的花

残缺的身体
总想装扮清雅淡定的美丽
更想在凝重的底色上
涂抹上永不屈服的色彩
我知道　这需要勇气和毅力
是常人无法知晓的付出与抗争

心里的伤
时常会在静夜里泛滥
决堤的泪冲撞着我的灵魂
黎明　我穿起坚强的铠甲
收拾起日子的明媚
用笑脸迎接太阳的升起
让身体飞离现实
看 骨子里绽放出娇艳的花朵
生命依然充满朝气

谷雨时节

树的腰身
柔软过春天的妖娆
我依然用冬装包裹季节

风　游荡过身体的全部
骨髓里呻吟着
那不谙世事的痛

酸楚和意志较量
那些苦痛瓦解了我的从容
我用坚强撑着四季

清明时节

隐藏在心底的思念
随着时光在漫延
点点滴滴的过往
在春天的转角处
触摸着记忆里的痛

草尖，举着悲伤的泪滴
在荒原上叹息
无声的思念漫过天际
在春风里哀愁如泣

停下忙碌的脚步
想与逝去的亲人
说说心里话，道道苦水
把日子里所有的冷暖苦乐
说给你听

春光的旖旎无法走出
心间的那一抹痛
如融化的溪水在流淌
沉重的笔
沦落在尘烟里悲戚……

永远忘不了的日子

正月十三，一个不可回首的日子
父亲离我而去的时候
年味还没散去
窗花和灯笼红红地
装扮着村庄和街道

谁能想到仅仅一天
您走进医院
就永远没能回来
您是我们的太阳
在八十四个岁月后沉下去
就再也没有升起

至今记得
那一整天的雨哟
老天爷都在为您落泪
夜晚又变成了雪

雪好大

铺天盖地的白
所有的红都躲进了雪里
只有我们的哭声，在风中飘零
像飞舞的雪，苍白而无奈

十年了
忘不了那场雪
更忘不了雪花送走的灵魂

一条奔流的河

随着时光的流失
丢掉了一些与己的无关
欢欣与快乐　忽隐忽现
人生是一场最真切的表演

更多时喜欢独自沉默
寂静的日子里有
梦飞的翅膀
充盈灵魂的诗歌
行走在每一个丰润的日子
让人生尽情纵歌烟火
每一个火热的文字
都是热爱这个世界的编码

身上萦绕着淡淡的墨香
却总也绕不过粗野的沟坎
在骨子深处
有一条狂放不羁的河流
冲刷着生命的本色
奔腾不息　源远流长

遇见明天的自己

窗外的阳光很暖
我被诱惑
决定　下楼去和紫外线
暧昧一会儿

一位拄着拐杖的大妈说
闺女　你现在走得慢了
我：嗯　慢多了
大妈：啥　你倒八十多了
引来众人哄堂大笑

我却怎么也笑不出来
恍惚间　眼前的大妈
就是明天的自己
心　移开了阳光

影　子

心事
在路灯下拉长
留不住的光阴
在时钟跳动中远去

心事
在月光下拉长
银辉见证了悲欢
留下了恋人的目光

心事
在心房中拉长
想温暖红尘的苍凉
无限深情终不抵岁月流淌

心事
在阳光下拉长
掸去心上之尘
拈一缕清风飞向远方

灵魂和夜私聊

霓虹闪烁着烂漫的夜色
昏暗的灯光拉出黑色的绸缎
我被包裹　心静如水

心的深处有一线光
耀眼的无法沉眠
我用灵魂和夜私聊

真实的夜　苦苦挣扎
理智 肌肤被撕扯
疼痛又一次让泪决堤
我向黎明张望

修 行

生活就是我的寺庙
不论何时何地
我都虔诚地去参拜
用心参悟着岁月的精华

风雨中依然的执着
把自己修炼成
那棵魂牵的菩提

一颗佛心　在光阴中
拂去尘埃的庸俗
让慈悲喜舍
放下六根

倔强的守望

深秋，与你相遇
只一眼，便不能自已
是你俏丽的面容
还是婀娜身姿

瞬间的倾慕
心中盈满了暖意
痴痴地望着你
不知该怎样向你表示
发自内心的敬意

冷风、霜冻无情地欺凌
你，却没有半点懦意
兴致勃勃地张扬着美丽
你哪来的自信和勇气
独立在萧瑟的季节，不肯退去

往　事

快乐或是悲伤
都是记忆的珍品
深藏　不能遗忘

被腌制的光阴
在岁月深处发酵
或甜或咸或酸
需要　用心品尝

穿越尘世
在人生的底版上调色
或浓　或淡　或深　或浅
都是生命最美的图画

简　单

单纯　遗落了风尘
一颗心沾满世俗的味道
雅致的心从未屈服
恍惚间看见生命的光环
心之初　情太重
真爱充满世界

道路曲折　经风过雨
总有心仪的风景路过
看那金黄的季节
走在叫秋天的路上
其实人间还有一种美
叫简单

时间都去哪儿了

好多年以前，妈妈说
老闺女，给妈妈纫针

前年楼下大妈说
闺女给阿姨纫针

当光阴的车
碾过一季又一季

今年我说
老丫头，给妈妈纫针

轮　回

夜半
一阵撕心裂肺的哭声
划破夜空
一个妇人
叨念着亲人的名字
我心跳加速
仿佛看见一个睡去的人
不再醒来

无法入眠
思绪打开床头灯
拿起手机　便签里记下
这突如其来的生命变故
或许　这就是轮回

雨

空中的云翻腾着情绪
阴沉着脸
终于经不住雷声的引诱
呜呜咽咽地哭了起来

泪水　和风一起飘摇
像一道擦肩而过的掠影
把白昼的雨幕拉长
如泣如诉地倾诉着心的荒凉

泪水　漫过时空的围墙
时而清醒　时而滂沱
像讲述一段故事
待续　期待那一道
雨过天晴的彩虹

听　雨

静静地伫立窗前
聆听你心跳的声音
用你的节拍
敲打着我的心窗

你从九天而来
滑落成一帘幽梦
好想伸出双臂
给你一个拥抱

雨夜，听雨
听大地欢饮的笑声
那一缕缕喜气
在窗帘的缝隙里荡着摇篮

不急不缓
悠长的曲子
音符在草原间滴落
期盼，在心空唱响

深久的积绪
淋漓尽致地释放
诉说着思念和怅惘
久远的岁月
道着曾经的过往
感怀，忧伤
一生都不会忘却的时光

听雨，听凡尘
情怀，永远不变
是深深的眷恋与念想

窗外的雨

窗外　雨一直下
像在朗诵诗
又似乎在弹奏一首曲

喜欢在雨天里发呆
凝视玻璃窗上滑下的雨丝
那个遥远的故事
从心头复活

也喜欢在雨天
蜷缩于角落
听花与花的细语
听时光指针的“嘀嗒”

雨　让心变得有些潮湿
心情在孤寂中看见了
鲜艳的花　浪漫的光

风

雨知道
风是它的弟兄
送了一程又一程
风知道
雨淋湿了季节
温柔与疯狂

有时像妈妈的手
轻柔柔地抚摸着你的脸颊
有时像脱缰的野马
疯狂猛烈地践踏着万物

它可以让心海涟漪，涌动，澎湃
它可以让雪花跌宕，起伏，升腾
它可以让视线模糊，清晰，纯澈

风
大自然的絮语
岁月的律动
灵魂深处的剪影

一只流浪狗

一只流浪狗
它不叫，也不呜呜
只是贴着墙根发呆

墙根，阴冷阴冷的
它一蹲就是半天
不叫，不理人
两眼木木地瞪着墙根

它在想
人心抵不住墙的厚重
阳光比人脸更灿烂

向 往

渴望
在锡林湖畔漫步
那一份心动
不想在有生之年错过

经历了
寒来暑往的触摸
欣然走进，用爱编织的世界
感受着一份纯净的生活

闲暇时
徜徉在悠扬的马头琴声中
聆听岁月的过往
分享美丽精彩的传说

领悟生命的真谛
品味人生的唯美
享尽
长生天赋予的快乐

在苍茫天地之间
用心穿越自己的世界
享受人间的幸福
在欣悦的虫洞中穿梭

雨的任性

雨，从云端倾泻而下
远远的洪流
以迅雷不及掩耳之势
占据了街道
数不清的旋涡与浑浊
奔腾着

雨，有时犀利
从血脉里澎湃着
从骨子里倔强着
在你毫无准备的情况下
就匆忙地提上了日程

你听窗外的雨在讲述
有形与无形的故事
雷鸣，只因闪电
一场雨与另一场雨
究竟谁对谁错
一场雨

从无到有，从弱到强
便衍生出许多情节
欣喜的、凄楚的、忧伤的……
就这样无边际地释放任性

缘　分

难以言说的情怀
得到放手共存
苦涩甘甜并肩
美好凄楚相连

有一种声音
不经意间拨动心弦
有一种背影
永远无法释怀
有一个转身
注定不能追寻

相视一笑
何须海誓山盟
指天挽月
何须唐风宋雨
挥毫泼墨
何须精彩唯美
人生来过无悔

世界因缘分而美丽

人生因缘分而斑斓

生命因缘分而无憾

心　梯

圆月如同银盘悬挂于天边
好想登上天梯摘下

月色中叶子在婆娑
风，身边缠绵
思绪飘回到浪漫的童年

光滑的青石上
传来爽朗的笑声
静怡的山村
在月色下讲着动人的故事

那遥远的梦想
清澈的心绪
内心深处的爱
都在心底澎湃

心有繁华，生活似水
约一轮明月，与爱同行

再见，我的 2017

时间，总是在不经意间
带你走入下一个年轮
毫不在意你的感受

蓦然回首
它将成为历史记忆
要顺着岁月的河流远去
酸涩、怅惘在心底飘过

新的一年
珍藏记忆写下美好
勾勒、描绘青春的容颜
将一切收入囊中细细品尝
生活的滋味

心 绪

喜欢孤独
夜深人静，一个人独享时光
总会有东西闯入脑海
把心和手指交给灵感
心就沉浸在文字中
随文字感动，流泪，欢呼

喜欢暗夜
天地无声，情却泛滥成河
希望有月
深感它就是最初的自我
眼眸中荡漾着雪样的纯洁
永远没有狂妄的欲望
只想用细腻的童心占有清白世界

喜欢行走
一个人行走在无垠的旷野
身前有风，身后有雨
顷刻间心里就有了说不出的踏实感
好像大自然的一切都属于我
还有我爱和爱我的人

草原之恋

狼毒花

狼毒花无毒
它是草原上播撒的火种
点燃初夏的绿色
领飞季节的先锋

红白相间的小绒花
充满旺盛的生命力
一片片 一丛丛 一簇簇
在草原上生生不息

当草原上狼烟四起
你能“毒”霸天下
用你自然的传奇
续写着江湖铁血故事

你笑里生威
万物生灵望而却步
自由的天空下
长出唯我“毒”尊的旺盛

打马而过的草原
听　小草在吟唱
看　牛羊在欢腾
你把满目的青翠涌过世界

山丹花

七月　如火般的夏天
叱咤着五彩缤纷的怒放
山水间的绿色
撑起如画的世界
徜徉着生命的活力

在万绿丛中
迎着骄阳
顶着雷暴
你脉脉含羞绽放成滴血玫瑰

蜜蜂尽情飞舞在花丛中
鲜红的花蕊
把小生灵浸染成
跳动的火星

你精灵般抖擞着精神
燃遍草原
用一颗火热的红心

默默装扮着大自然
悄然美化着大草原

生命力极强的烂漫山花
用大山一样的顽强性格
磐石一般的钢铁意志
背负着责任与担当

你燃烧着火红的希望
激励勤劳勇敢的察哈尔人
笑对沧桑，百折不挠
用智慧的双手和汗水
创造火红的日子

干枝梅

干枝梅，俗称苍蝇花
它喜欢和沙质土、沙砾土、轻度盐碱土壤暧昧
又有了一个好听的名字“盐云草”

粉白色的小花
像一把把小雨伞
点缀着美丽的草原
用那娇艳的容姿
勇敢地迎对每一场风雨

看似弱小的身躯
却能顶天立地
不论狂风暴雨　还是霜雪严寒
始终坚挺着不屈的“脊梁”

它在宽阔的土地上
举着高傲的风骨
迎接着晨曦微露

旭日东升，彩霞满天
始终容颜不变，气节不改

打碗花

一出生就缺乏营养，体弱
娘说：“胎带的
跟着风长吧
太阳公公会眷顾你的”
于是渠边，田埂，墙根
随处攀爬着我的身影

不知哪位高人
还给我取了一个俗气的名字
并且杜撰了触碰即可打碗的谣言
经过好多年屡试未应的实验
方才为我昭雪

我举着紫色
或者白色的小碗
碗里盛满阳光和雨露
真该庆幸这不经意的相遇
让我把生命延续

我骨子里长着倔强
只要活着就努力向上
任何一个向上的物体——
那怕是一根枯树枝
都是向上攀越的动力
绽放美丽是我一生的追求

金莲花

金莲川上开了又落的生命
在阳光下灿烂地微笑
长生天赋予了它灵性
它的欢喜　它的诗情
在风中摇曳成古老的风韵

金莲川上荡漾梦的涟漪
见证了草原的宽阔和美丽
被风温柔抚摸过岁月
也曾在暴风雨的蹂躏中哭泣
最终　坚强地撑起生命的脊梁
站成梦的样子

柳　兰

夏风吹过碧野
亦如天然的舞台
一群娇艳欲滴的少女
婉转吟唱　翩翩起舞

淡紫色的花瓣上
荡漾着夏意的浓烈
蜜蜂　舞动着幸福的翅膀

仰着高傲的头颅
在草原深处
展示着生命的倔强
手拉手 肩并肩
守卫　自己的家园

百合花

一株株百合花
被晨露唤醒
迎着朝阳微笑
缕缕幽香　向四周蔓延

我忘记了炎热
恍惚听见隔世澎湃的声音
向这个世界呐喊着倔强
一种怒放的夙愿
向人们展示着花的娇艳

也许记忆会褪色　但不会泯灭
春风的吹拂　阳光的沐浴
暴风骤雨的洗礼
都撰写于岁月的纸笺上
在盛夏的时空里把梦放飞

许多东西需要铭记
哪怕是时光里的短暂遇见

还是前世轮回的相聚
生命里一定雕琢着
悲与欢　爱与痛的影子

蒲公英

阳光
是你茁壮的根脉
风雨
是你蓬勃的动力

缝隙间生存
春心　不问时令季节
在大地间点缀绿意
释放出阳光的味道

采集　金黄般的自信
让花拔高到果的境界
让世界冠军的奖杯举过头顶

你总是以风为马
用博怀传承生命的种子
你的豪迈
永远在风中铿锵

金莲花，生命的舞者

柔软的风
徜徉过上都河畔
辽阔的金莲川
酝酿着一场繁盛与绚烂

红、黄、蓝、粉、紫……
芬芳的海洋漫过草原的无际
我“猎艳”的心开始泛滥
被一片片金色的花瓣俘获

金莲花怒涌着夏的繁华
金灿灿的花海
象黄色的锦衣
香气芬馥
川幽山翠
馨人暖心

金莲花，安静，恬淡
矜持着高贵的花容

幽然的香沁人心肺
悠扬起天籁般的牧歌

阳光无限播撒着温暖
历经岁月雕琢的故事
在金莲花的笑靥里延续
新的情节渲染着夏的感动

携着婉约的诗意
用生命的真诚留阅花季
沸腾的情怀里
金莲川宽阔的胸膛
撑起一场爱的奔赴
今夜我与山川、河流、大地共舞

锡林河

一路向北
从克什克腾开始
用她 6263 平方公里的胸膛
孕育成候鸟的天堂

充满生命的河水
在千回百转的寻觅中
洗礼着沙丘曾经的雄伟
目睹着九曲湾的沧桑

草原的历史在岁月里
静静地流淌
草原人民的喜怒哀乐
草原日新月异的变化
都被她深深的篆刻在
在远去的时光里
如今

在她不知疲倦的生命里面
用她日渐缩小的身躯
滋润着这片神奇的土地
养育着一代又一代
勤劳的草原人

心中的那朵花

我是锡林河畔
一朵无雕饰的野花
任风吹雨打
依旧散发着缕缕芳香
风舞动婀娜的身姿
蝶恋着花丛芬芳
翩跹成夏日最美的图画

我是锡林河畔
一朵个性张扬的野花
风来袭，抖颜弄舞
雨飘洒，洗净纤尘
让每一枚叶子鲜亮
让每一片花瓣都耀眼
让每一个蓓蕾都含苞欲放

我是锡林河畔
一朵浪漫的野花
无拘无束是我的性格

肆意张扬着我的怒放
撷一缕阳光共拥时光
裁一片云霞为裙
以曼妙的姿态笑迎远方的客

老　榆

面对风寒中站立的你
我愿把尘封的情怀打开
面对冰雪纯洁的你
我愿把情歌传唱到天外

在这个风雪的冬季
我的心与你血脉相融
把冷酷化作一缕温情
用感恩的心贴近您博大的胸怀

等风儿
漫漫吹柔你如云的秀发
老榆树下奔跑的骆驼
用激情撑起未来的天空
我会掬起如期的春雨
感谢你对浑善达克的青睐

根 雕

你来自浑善达克
我以温柔的目光
打量着你赤裸的躯体
追忆着你的前世今生

风吹过　雨淋过
风沙的粗糙抚摸过
有过多少风雨坎坷
把你的脊梁压得弯弯曲曲

为了那个绿荫覆盖的梦
你也曾站成梦的样子
无须向世界展示什么
那深深扎进沙里的根
就是你今生今世的魂

岁月的风　世纪的雨
把千年的屹立
交织成远古的故事

山涛呼啸而过
裸露出你的经脉
历练成千年不朽的生命

勒勒车

身披远古的风尘
吱吱嘎嘎，唱着如梦如幻的歌谣
在金莲川留下风云变幻的车辙

一年又一年
车轮拉着岁月的风雨
卷着牧野上的艰辛
流动着恩泽吉祥
牧人勤劳的双手
让每一天都充满希望

那远去的时光里
装满了千年不朽的长调
游遍美丽快乐的牧场
炊烟升起的地方
像云儿，送来吉祥安康

曾经的辉煌
斑驳在光阴里

往昔早已在沧桑中成梦
当年的故事挽着草原的臂膀
留下一代天骄神奇的传说

凝聚着生命和力量的勒勒车
静静地躺在毡帐旁
成为草原永远的不舍

草原精灵

蒙古马的嘶鸣
响彻旷野
回荡的蹄声地动山摇

豪气、剽悍、勇敢、忠诚——
那是一个古老民族
崛起的奔腾

万马长啸的气势
犹如入海的蛟龙
更像一道道闪电
掠过苍茫大地，追溯那古老传说

勇猛的激情，像火焰
挺起大漠孤烟的脊梁
炯炯视线直抵落日，嘶鸣
被朔风拉长，如长调一样
激荡着草原的心房

鲜花怒放，马蹄声声
草原上的骄傲
依然绽放着辉煌的光芒
与天地同耀
与日月同辉

鹰

你，揽着蓝天的宽阔
俯瞰着大地的苍茫
那矫健的翅膀
迎着风雨翱翔

你，独守一份真情
在那辽远的苍穹里
搏击着世界的风云
任风起云涌
任惊涛骇浪

你是太阳之子
用你那矫健的身姿
和一往无前的雄心
在蔚蓝的天空里
书写着伟大的篇章

你是钢铁战士
独守着远山的巍峨
你是叱咤风云的神灵
守护着心底的太阳

野沙棘

在草原深处　沙漠腹地
或是山脚　路边
有一种橙红色的果实
在阳光下自由散漫地长着
经过风霜雪雨的洗礼
它那红宝石一样的颗粒
惊艳了深秋的旷野

天然的沙棘就像
忠诚卫士一般
浑身长满了带刺的铠甲
让人垂涎　却又望而生畏
只能小心翼翼地去采撷
那些甘甜醇美的红果
就如爱人的唇
吻过青春的肌肤
让人回味无穷

尽心地走过春夏

等待一个温暖的皈依
把那小小的果实
用岁月的风　岁月的雨
把它染红
那酸甜的味道
像极了我们生活的滋味

光阴流转　风光无限
满山遍野的沙棘树
像一个个坚强的士兵
守卫着岁月风尘
倔强地站成自己的风景

上都河的风

风在急促地赶路
行走在金莲川高原
浑善达克沙地
酣畅着一场肆意的倾吐

吻过百年老榆的凛冽
横扫着上都河
每一寸袒露的肌肤
那些带着力量的呼啸
在上都河畔奔跑

这是一种壮烈的誓言
这是一种用生命
与迎春花热烈拥抱的永恒
上都河你是一条
嵌进生命的河

家乡情深

有一种幸福，叫作生活在正蓝旗

“正蓝旗”一个响亮的名字
被无数马蹄踏出的辉煌
在历史的星空里
闪耀着骄傲的光芒

那一波波绿浪汹涌着绿海
用勤劳勇敢铸就的剑
直指苍穹
时光耕耘出一片蔚蓝之城

绿海中 芬芳的浪花
簇拥着一个个生命
让活着的“精神”
前仆后继

花艳如潮
凝聚成一种无形的力量
在一波一浪的绿浪中
绽放着生命最美的姿态

今日上都

金莲川
一块古老而英雄的土地
元上都遗址
赫立 远古的文明
在草原上梦绕七百年

草原上的各族人民
从历史的长河中走来
淳朴　勇敢　坚韧
是岁月洗礼的性格

上都镇　走过岁月的沧桑
曾经的低矮参差的房屋
曾经高低不平的马路
都隐匿在昨天的时光里
成为一种永恒的记忆

如今呈现在眼前的是
风电叶轮在草原上旋转

太阳能　火电厂　矿砂业
装点着绿海与蓝天
电子商务　云计算
科技覆盖上都城的每一个角落

古老的上都音商业街
繁花似锦　包罗万象
尽显民族团结 国泰民安之景观
过去的　现在的　熟悉的　陌生的
叠印　交替　成为一幅立体画卷

雪后的上都城

上都城被白色渲染
漫步的风　游走的云
黑色的土　旋转的叶
还有一双双闪烁的眼睛

打马走近你的城
马蹄声踏醒记忆
你沉默百年的历史
在无言中铸就辉煌

我张开手臂拥抱
拥抱你古老的神奇
一只白鸽划过浩瀚的长空
看见了你圣洁的心
在热烈中呼唤相逢的日月

春雪覆盖上都城

春风像精灵一样
把纯情与浪漫抛洒在上都城
潇潇洒洒 铺天盖地

润情的小草
吸吮着甘甜悠长的纯浆
草原展开绿色的蔓延

杨柳垂丝万道
缠绕着雪花的妩媚
暖阳的怀抱滋润着春风万里
我随春的思路行走
穿行在文字覆盖的上都河畔
与春天的雪卿卿我我
向大自然诉说着对春天的爱恋

春风习习　雪景旖旎
我在雪中轻浅落笔
一笔明媚　一笔从容
思绪落进春的惬意
一醉不起

家乡的冬天

极像　一位老村夫
在孤独　沧桑间沉默
深藏的刚毅和倔强
是他永远不变的性格
执守着这块生生不息的土地

不停地耕耘　默默地付出
岁月青丝染白发
用真诚恪守着信念
用勤劳书写着永恒

把一个平凡幸福的家
放进温暖的日子里
义无反顾地背起责任
因为这是他对这片土地
爱的深沉　爱的纯粹　爱的无悔

春天的草原

四月的草原
抖落冰封的雪裹
寒流被遗弃在季节的角落

春姑娘　翻越冬的脊梁
一路风尘而来
剪辑　崭新的风景

小草　万物的先锋
驾着旭日一马当先
新芽嫩绿　我喜欢的色彩

初放的鹅黄
点缀在枝头　若隐若现
瀑布般的霞光
从天上飞泻林间
一片辉煌　一片温暖

报春鸟儿一展歌喉

和着季节的脚步
奏响一曲风回大地的交响

四月的草原　如诗般美丽
在春天的怀抱里
尽显风采　万里妖艳

草原仲夏

仲夏的草原满目葱茏
山丹花怒放成滴血玫瑰
上都湖水深情款款
将满世界的颜色揽进怀里

大脚板野鸭子调侃着小绵羊
扑打着翅膀欢叫
白天鹅扬起高傲的头
展望着美好的未来

老榆树下的孩子
用小手绘画着未来的天空
垂钓的人气定神闲
沉思中用一根烟悠然着
午后美丽的时光

金莲花热浪滚滚
金针学会隐忍，保持静默
此刻搏克手走出毡房，摆好姿势
跃跃欲试
看一场夏的画卷正在延伸

我爱你，家乡的小河

家乡的小河缓缓流淌
由北向南，穿过草滩
绕过农舍
像一首悠扬的歌
倾诉着哈哔日嘎的传说

那是一弯碧绿的天水哟
萦绕着牧野，潋滟粼粼碧波
姐妹们欢乐地在河边浆洗
兄弟们陶醉在无垠的碧野里

月光轻抚着恬静的村庄
花香和着清风
仿佛，月色下姑娘的羞涩

家乡的小河
像一条绿色的绸带
印记着小脚丫留下的花朵
捞蝌蚪、扑蝴蝶

捉蜻蜓、摘花果
水花飞溅起孩子们的欢乐

我爱你，家乡的小河
几代人唱不完的歌
我爱你，家乡的小河
承载着多少英雄的本色
我爱你，家乡的小河
滋润着风姿绰约的浑善达克

正蓝旗，我的家乡

一座美丽的草原小镇
踏着历史的脚步
带着古老的文明
在浑善达克沙漠上
像一朵金莲花美丽绽放
这就是正蓝旗
我美丽富饶的家乡

金莲盛开，牧草青青
牛羊满山
湖水映天，碧波荡漾
百灵鸣唱
苍翠挺拔的古榆，洁白的毡房
天籁和谐，一幅美丽的图画
这就是正蓝旗
我美丽多彩的家乡

飘香的奶茶
美味的烤肉

孕育着一个民族的传统
纯正的奶食
甘甜的滦河
哺育着我怒放的生命
这就是正蓝旗
沐浴我成长的家乡

诗人的故乡
年少的我曾展开青春的臂膀
与您一同向往远方
这就是正蓝旗
我梦想起飞的家乡

请到草原来
看唐诗、宋词、元曲吟诵的原野
看一代天骄纵横捭阖的辽阔

元上都遗址，忽必烈广场
历史厚重而苍凉
金莲川草原，浑善达克沙地
永远是那样的辽阔
草原文化，皇家牧场

这就是正蓝旗
我闻名于世的家乡

绿海中旋转着林立的风电叶轮
太阳能，火电厂，矿产业
从北到南，输送着巨大的能量
电子商务，云计算
浩瀚无垠的网络
让我们的生活变了样
这就是正蓝旗
我美丽腾飞的家乡

元上都，放飞梦中的白鸽

时光轻轻
地叩响了
夏季最炫美的门铃

铺散着满地的金莲
滚动着四季里浓郁的香风
带着欣喜的露珠

憧憬着美好在希望中启程
亲情在澎湃中翻涌
血脉在上都河岸边灵动

绚丽的夏日
马兰花点燃了原野的绿
青果缀满绿色的草原
滦河水润起了山丹的颜容

放飞着心中的梦鸽
飘逸着浑善达克的深情

走进锡林河

在那片圣洁的草地
静静地躺下
牧草亲吻着我
阳光穿过蓝天
抚摸着生命的长河

掬一捧清清的河水
一饮而尽
吮吸着岁月的平静
人生，如水般清澈
激荡的心灵，将氤氲成诗的思绪
在悠远的意境中放飞

撷一片秋叶，默默聆听
长风骏马
九曲湾的呢喃，和唱成最美的放歌
走进锡林河，投进母亲的怀抱
悸动的心在此刻安静
静静地感受
她壮美、博大的气息

走进故乡

生我养我的这片土地
山在笑，水在唱
扶贫攻坚的春风
丰满，岁月的轮廓

街道两旁，商品
闪烁醉眼
夜幕笼罩霓虹的色彩
街道弥漫着温馨和祥和
男女老少
舞动，幸福和快乐

银白的蔬菜塑料大棚
就像一艘艘白色的帆船
航行在广袤的土地上

曾经面朝黄土背朝天的背影
玩起了高科技、大网络
看，数字化的机械田野里奔忙

丰收的歌声在大地上回荡

农家院里，红砖青瓦的新房
豁豁牙牙的草坯墙不知了去向
家家户户是带有壁画的红砖墙
清澈的自来水，哗哗地歌唱

土路穿上了混凝土的铠甲
国道、省道、高架桥，宛若彩带
飘曳在绿海，也架设在空中
成为家乡人民致富的桥梁

精准扶贫
让千家万户变了模样
父老乡亲齐唱圆梦歌
阔步走在新时代的康庄大道上

2022年的第一场春雪

雪落春头
那是对大地炙热地眷恋
望着没有一丝痕迹的雪地
心里有一种
被纯洁笼罩的安静和清幽

不远处
几只叽喳蹦跳的麻雀
欢快地跳舞或寻食
雪地上一串串美丽的花朵
瞬间 增添了爽心的静美

一份禅意静落心间
一幅动态的画面
嵌进这冰雪深情之中
薄凉迎风融化
片片雪花从尘世的阳光里
幻化成一幅最美的图画。

上都情怀

雨中情

眼前的世界
“微雨霭芳原”
行走在草原上
一切都那么清晰
连同自己的一颗心

雨，下得很慢
每一滴都是快乐的音符
用真情把客人呼唤
更像缓缓流淌的情感
拨动着友谊的琴弦

在雨中
一场欢乐的相聚
一场难分难舍的泪奔
让时光凝固在难忘的瞬间
生命里根存了那份感动

小雨还在飘落

花草，风中致意
行走在陶日根察哈尔营地
一种爱的永恒
定格在尘世的路上

等你，在风中

牧草，一年年新绿
祈盼在风中摇曳
岁月在无形中，寸寸相结

茫茫的夜色里
没有听到悠扬的马头琴声
却听见了你那颗诗心在跳动
唤醒往昔的故事，柔情收起

你是我
今生唯一的感动
深邃的眼眸里满是纯洁
风吹过眉宇间
放飞所有的思念
漫过七月心窝
醉美在金莲川深处

草原，你的诗与远方

站在沙岗上
与天相连与云牵手
山的伟岸与雄健
水的清澈与柔美
刚柔相济

沙地榆
站成一道风景
百年沧桑岁月依然挺拔
逝去的岁月
变成枝干上的双眼
守护着草原
如胡杨，蓝天为盖地为庐
黄沙为衣，露为饮

夏花灿烂，客从远方来
于是，每一朵花
兴奋地说着自己的喜悦
每一棵树
也会炫耀着自己的雄姿

如果你疲惫于钢筋水泥的困顿
如果你厌倦了朝九晚五的生活
如果你向往蓝天绿地的辽阔

这片草原
一定不会辜负你的千里寻访
这里有放飞心灵的钥匙
这里就是你的
诗与远方

上都情怀

闪电河
奔向草原深处
牧草，野花
把浑善达克覆盖
金莲川
敞开了草原的怀抱
金莲花
绽放在绵延的绿海
沙地榆
排成一道道风景
诠释着
生命与牧野的情怀

夏日
我在元上都等你
愿，与你一同聆听
空中的天籁
勤劳善良
是长生天留下的火种

淳朴的察哈尔人
用盛世的奶酒
迎接四方尊贵的客人

上都之秋

上都河
秋天的眼泪
因为思念夏天的云
哭成了蓝色

霞光穿针引线
浑善达克披上五彩锦缎
漫山遍野的金豆子
洒落在金莲川上

一串串沙棘果
摇曳着姑娘撷来的枫叶
伊人的笑声
乘着风的翅膀

吻一吻爱人的书信
让八百里金川挥舞着鞭子
把爱的白云
飞落在上都城的每一个角落

上都之冬

闪电河的目光
悄悄地落在地平线上
遥望着夕阳与雪的缠绵
浑善达克沙漠
一如既往地沉默着
把那份永远无法放下的记忆
安放在素颜的金莲川上
沙地榆和寒风周旋着
诠释着生命的意义
唯有风雪，不改初心
紧紧拥抱大地

幸福，荡漾在春的路口

贴上窗花　粘上对联
挂上灯笼　太阳早早地
在窗口　在门外
排列成红红的吉祥

团圆饭　团团圆
香喷喷的饭菜堆如山
老做法　新味道
浓浓的味道从过去
弥漫到今天
醉了岁月　醉了人间

佳节的笑容里充满了美好
像迎春花　朵朵竞相吐艳
窗花　春联　灯笼　烟花
释放着日子的喜庆
饺子 美酒 佳肴 氤氲着欢乐
幸福荡漾在春的路口

上都之年

上都镇的年
喜庆 簇新 隆重

大红灯笼　中国结
像一团火焰在燃烧
融化着季节的寒意

声声爆竹掀起欢乐的浪潮
从一条巷子涌入另一条巷子
从一个院落追逐到另一个院落

日暮黄昏
夕阳还没完全隐去
霓虹 彩灯 就粉墨登场
空中　地上　墙上　树上　门上　窗上
溢动着光鲜与靓丽
从南到北　从东到西
讲述上都河古老的故事

年一次次重复着幸福
浓郁的饭香伴着
欢声笑语
从窗口　门缝里挤出
诱惑着你的胃
美味佳肴是亘古不变的主题

上都镇的年
草原白的醇香　手把肉的鲜美
讲述着无尽的愉悦和繁华
把每一份快乐和温暖都临摹成
人世间最美丽的图画

家乡在一场雨中哭泣

晚上不安分的雨嘶吼着
惊骇着世界和草原
如同猛兽的洪水横冲直撞
拔起了树木，撞断了桥梁
大地被蹂躏得一片狼藉

河水疯狂地肆虐
裹挟着玉米苗、麦苗，希望
奔涌的残破撕扯着自然和人心
庆丰河哭了

我眼里盛满了灰色的悸影
灰色的图案打破我的眼眸
像一场噩梦在我的心里破碎
飞扬在雨珠飞落的午后
让我无法一 一拾起
任凭泪水和庆丰河一起流淌

大爱无疆

——献给第十五个世界无偿献血日

六月精阳
映衬着一张张真诚的脸庞
微风和煦
轻拂着一颗颗赤诚的心灵

上都人
沁满了世间的纯朴与真情
诠释着至善至美
爱的使者，善良的民众
唱响了大爱无疆的歌声

无偿献血
在同一片蓝天下
催开了千万朵鲜花
在同一片大地上
荡漾着火一般的激情

滴滴鲜血，带着体温
浇灌着生命之树

袋袋血浆，带着灵魂
燃烧起希望之灯

一双双祈祷的眼神
擎着无私与奉献的火种
走进爱的疆域
构筑起大爱的长城

生命
体会着责任与尊重
征途
捕捉着生命之舟的灵感

我体会着
朗朗之乾坤
将真情融入执心的诗行
把精神文明的花朵洒向天空

咏春四季

春的诱惑

季节的脚步铿锵过
岁月的豪迈
一份悠远的孤独
穿越荒原
心在冬天里保持沉默
寻找希望的主题
与一枝红梅比翼齐飞

寒冬的路口上
蛰伏着无眠的思想
天空湛蓝的底色
吹来年的味道
白云悠然着喜庆的氛围
心情躲不过春的诱惑
用一支烟花　点燃春天

立　春

时间不言不语
一眨眼
冬在春的黎明里退去

锣鼓喧天的节日里
新年的门楣上　沾满幸福
风明媚着梦的衣裳
最美的期待
安放在金莲川草原

流光溢彩的佳节
浑善达克在激情地歌唱
冰封的上都河
涌动着新的血脉
正踏雪款款走来

雨　水

时光在春夏秋冬间往复
二十四节气荡满万物之灵气
转眼春雨如油，柳抽丝
春与冬作别季节的萧瑟
寒意仍在纠结阳光
西伯利亚的冷空气有些不舍
“倒春寒”的天气成就了
韩愈传世名作——《春雪》

“春雨断桥人不渡
小舟撑出柳荫来”
浸润，千年雨水的佳句名篇
历久弥新鲜活如初
滋养着我们干涸的心田
催生着每个人心中
那颗期待发芽的种子
在春天里开成一束美丽的梦

惊　蛰

肆虐了一冬的寒流
被春天的阳光逼得
节节后退
洒落一路的不甘
在春风中悄然退场

冰冻了一季的思绪
被如期而至的雷声惊醒
万物骚动着绿色的气息
挂上新翠的枝头
在风和日丽的空中欢呼

周围的一切都在喷薄
广阔的天地间万物从梦中复苏
站在季节的港口
等待一场春天的转运
看万紫千红的到来

春　分

一

太阳调整平衡
平分春色　春色平分

山河被风吹醒
包括树木　野草
毛茸茸的树挂
在清晨亮闪闪的阳光里纷纷扬扬

宽广无比的草原
风一直在忙碌
用尽天地间各种色彩
描绘出一抹一抹的春色

二

一个一分为二的季节
卸下冬的陡峭和萧瑟

把久违的繁华
用一场春风唤醒

我们　喜极若狂
剥离身上的束缚
轻装　上阵
张开双臂　拥抱希望

路边的杨柳依依
粉色的山杏花
把浪漫延续到天际
凉风有讯　春色无边

春天的汗水
是勤劳和智慧的通力
秋天的枝头上
挂满了幸福和爱情

春来了

天暖了，风软了
日子不经意间换了季节
阳光爬满窗前
我看见冬的脚步踉跄着走远

在清脆的鸟鸣中
煦风奏响了春之序曲
料峭中蕴含着一种温暖的气息

流水，远山，初柔初软初绿
迎春花有了初孕娇羞的模样
待到春风吹绿草原
又将是一个姹紫嫣红陶醉的季节

春风来早

柴米油盐装进了岁月
生命在流年里碾碎浮尘的梦

四季在日月轮回里丰盈
热土中溢出年的味道
上都河　犹如一只青鸟
传来春的讯息

春风来早
吹奏着草尖上的长调
谱写出大自然的规律
中国红映红天稍

我坐在穹庐之上
看那喷薄而出的旭日
寒冬　还没顾上脱去外衣
暖阳伴着绿韵早已到达

走进春天

风的嘶吼让梦颤抖
我在春的气息中祈祷呢喃

晨曦，随阳光远去
阳春三月
淡淡的清香在空气中飘溢
檐上的小鸟在吟唱
春风和着春意的旋律

春雨藏进了泥土的怀抱
顽皮的目光在草间闪烁
调色板，调配着大自然的色彩
变换着景致秀美的花季

上都河畔的春天
流淌出五彩缤纷的画卷
蕴含着宝坻腹地的神奇
那悠扬不息的长歌
醉了草原，醉了浑善达克沙地

春天里

越过冬的山岭
红色的围巾开始在雪野上飘动
阳光的味道
弥漫在风里越来越浓

岁月温润了时光
走在春天的明媚里
毛茸茸的树挂
润朗了心情

在春的原野上畅想
用一支充满希望的笔
在荒凉的原野上
描出生命最美的风景

春　雪

窗外，白雪随风
穿行在庭树间，朵朵成花
沉寂了一冬的雪嗅着春的气息
在不属于它的季节飘落

春天的雪，零碎
一首摇曳的诗，夹带着寒意
还有些许冷漠，忧虑
只是一次花期

别人在等阳光
我在等一场柔软的细雨
轻轻抚摸未醒的春天

塞北之春

四月的草原
雪化了
冰还在春风中留恋

蒙古马蹄飞扬
溅起片片春意

春寒，不忍离去
草尖上弹奏心事

长调，唤醒春的旋律
一条蜿蜒的小溪
流向太阳升起的地方

夏之韵

风吹过季节的门楣
喜悦，安放在夏的枝丫
草原披上了新绿

虫扭鸟鸣忙栽秧
金莲绽放柳成荫
阳光与绿色交织出
新的色彩
苍痕的古榆树
立地成景

温润的时光
伴随着上都河水流淌
季节，清爽怡人
心，多了一份澄澈
艳丽了一场夏之韵

雨　花

淅淅沥沥的雨滴
嘀嗒着闹人的思绪
仿佛是珠帘线断
玉珠纷纷坠落
溅起来满腹心事

一朵朵雨花
在雨里绽放　跳跃
瞬间消失　又瞬间开放
此消彼长　连续不断

雨花　牵动着我的心情
奔跑的雨花
你要去哪里　小河　沟渠
还是绿色葱茏的田野

欢快的雨花
把快乐盈满短暂的生命
用百般的激情拥抱着河流　大地

孕育着一场强大的茂盛

雨花带着梦想
从遥远的天际飞落人间
用最亮丽的姿态
展示着你的柔情和美丽

仲　夏

季节，退去羞涩
一场雨，一阵风
把世界变得热情，丰满
所有的植物
争分夺秒地成长
汗水流淌的地方会有花开

雨后，溪流在欢唱
田野里藤蔓缠绕
碧绿的微波在荡漾
阳光下生长着收获的希望

一杯温茶，几行诗文
滋润暑气蒸腾的夜晚
繁星满天，萤火闪烁
我们一起迎接秋风凉爽

小　暑

风一改常态
热情地撒下一地温柔
撩拨，人的思绪

心在光阴中沉淀
火一样的拥抱
抚慰暴风骤雨的洗礼
日子在高昂中行走

浅　秋

秋　没有预约
匆匆而致
迈着坚毅的步伐
携着成熟婉约跃上枝头

挑起岁月的珠帘
坐在时光的角落
听秋风与落花的缠绵私语

弯腰　拾起一片落叶
清晰的脉络上
镌刻着被光阴打磨过的印痕
背后　藏着多少动人的传说

路上看见　行色匆匆
将鲜衣怒马抛在身后
留下那个从容的背影
高大成一座山峰

处　暑

蝉吟唱着夜的空旷
一个季节的声音奏响
一场生命成长的号角
在秋风中黯然成殇

抬眼　阳光悄然从窗台落下
落日的余晖铺满天空
我安静的享受这落日之美

树木依旧葱茏
惹眼的花开始谢了
怒放成了季节的休止符
纵然有许多颜色
还在匆匆赶来的路上

一路走来
汗水中收获惊喜
寻觅秋天所有的色彩
储藏起足够的勇气和希望
期待寒冬之后的无限春光

处暑过后

淅淅沥沥的秋雨
敲打着挂满清冷的窗棂
像纤柔的女子抚动素琴
把春华秋实的丰硕
吟唱在季节的路口

雨点滴答着幽静的旋律
像平平仄仄的韵脚
滑落在冒着香气的茶杯上
升腾成委婉的诗句
在心的角落里浅唱低吟

丰收的庄稼　茂盛的牧草
与秋风情意缠绵
弹奏着丰收的乐曲
看白云悠然　大雁把天空擦蓝

秋雨过后　寒凉渐近
温暖的阳光贴紧了门楣
时光锁住了禅意生活
多情的文字伴我笑看风云

深　秋

金色的季节　散落草原

轻轻的风吹开
蝴蝶一样的飞舞

艳阳高照　秋高气爽
眼里的荒芜
被风一片一片地席卷

枯黄的叶脉流淌出岁月之歌
片片金黄　碎成一地阳光
落叶中的伊人
拾起往昔的故事
在一抹记忆里书写春秋

树叶以飞的姿态

在空中盘旋着不舍
用最后的壮观

划出一道精美的弧线
尘归尘的归宿
把落叶所有的梦想
放在光阴深处
缱绻着一片深情
夜更凉　秋更深

寒 露

红了脸的枫叶
把所有故事写进秋风
大自然依恋的绿色
开始着色
那些冷艳的美
在淡淡的寒气中
飞舞成美轮美奂的漫画

清晨　寒冷的秋意
退去了云的衣衫
那些无法割舍的眷恋
被一声声雁鸣带走
在季节的路口
茫然失措的我倚着
一米阳光
构筑诗与远方的语句

人生像陀螺一样旋转
二十四节气总是那么匆匆

让我们在惊恐中感慨
“时间都去哪了”
在岁月的轮回中
把一丝失落埋葬在秋天里

霜　降

霜落满天
时光孤傲成清冷的剑客
一曲洞箫
让季节换了戎装

白霜盖红瓦
草原上被黄褐色包围
古老的风吹着调零的骨感
谁在低吟一曲秋黄

天冷了　想念也开始疯长
那些属于自己的温暖
正沿着温暖的火炉
盛起沸腾的奶茶
和温馨一起摆进万家灯火

秋天随风而去
寒冬的序曲正走在路上
在轮回的回眸里

风景一如既往
生活永远幸福安暖

五月风歌

走进五月

携一缕季节的风
走进五月
大地　孕育缕缕风情
把一季心事放飞
任心中有万丈豪情澎湃

走进五月
走出春寒的料峭
历经严寒的洗礼
才会有春天的姹紫嫣红
遥远的天边
有隆隆的雷声走来

听　远处的劳动号子
和着春的节拍
把沉睡的大地唤醒
看一代青年
正以梦为马　铿锵前行
在夏天里
燃烧起火一样的激情

劳动者之歌

五月，是劳动者之歌
是生命之歌
是人民富足之歌
是世界迈向新时代之歌

一百三十四年前的五月
大洋彼岸的芝加哥
二十五万工人兄弟们
挽起了团结的手臂
为了获得自由和人权而战

经过血与火的洗礼
八小时工作制终于得以实现
五月的丰碑
就永远屹立在劳动者的心间

劳动换来了时代的进步
不同语言的音符
嘹亮的号子响彻了云霄

劳动给城市注入了新鲜血液
让经济生活蓬勃发展

劳动创造了神奇的网络世界
从此，地球成为一个大家庭
不分南北西东
全世界同命运，共呼吸

五月星空下
我们把最美的语言献给劳动者
赞美他们劳动的伟大
赞美他们劳动的光荣

劳动者用勤劳的双手和智慧
编织了一个丰富多彩的世界
开创了伟大的新时代
让我们在这个特殊的日子里
向全世界的劳动者们致敬

五月雨

五月的雨　如泣如诉
亦如天使的眼泪
滋润着草原柔嫩的肌肤
用一曲悠扬的天籁
弹奏起夏天的序曲

点点滴滴的雨
涤荡万千的心事
每一滴雨
都是思想溅起的一个希望
一片绿色
是托起梦的翅膀

蚂蚁　草丛里忙碌的身影
是春天不可或缺的细节
那是一个生命奋斗的缩影
让微小在平凡中
砥砺前行

五月的雨是那么的纯情
诉说着最美的语言
用欢快优美的节奏
拍打着万里河山间的秀丽
我们在春光里如痴如醉

端午情思

仲夏
粽香随风飘来
风鼓雷动
龙舟竞舞泛起江涛
一隅长虹
托起对高洁诗人的思念
寓他从遥远的楚国奔流而来
一首铿锵的诗篇
在中华大地上流传
一片粽叶，牵走一代英豪
一只粽子，一颗不染纤尘的心
为家国天下
飘逝在汨罗江岸

如诗一样的惊心动魄
任凭烟雨打磨
一身傲骨，置身事外桃源

端午，掬一壶江水
燃一船鱼灯
为你送去千百年的祝愿

五月的风

西伯利亚的深谷悄然而来的风
修剪着残冬散落的碎片
苏醒的大地
浅埋的苞芽吐蕾绽放

希望的初绿渲染着天空
沉寂的腐朽
开始点燃生命的火焰
一场怒放轰轰烈烈

山丹丹花漫涌过山野
尽情地挥动着衣衫
如期的烂漫　滚滚而来
醉了五月清风

赶春的女人
携着妩媚踏过千山万水
跨过生活的坎坷
拂去了岁月的尘埃

感谢五月的风
让世界在芬芳中飞扬
在微风中翩翩起舞
展示着风尘中的幸福　甜蜜

今天是你的生日

——写在女儿24岁生日

二十四年前的今天
你来到了我的身边
柔软的小身体全心全意地依靠着我
从此我必须装上铠甲
保护我心爱的小花

二十四个年头
一段不可重来的美丽人生
那个爱哭鼻子的小不点
长成了大姑娘
漂亮阳光
有了成熟女子的气质

你大了，我却老了
天命之年的我
再也抱不动你了
再也不用我给你擦眼泪
梳小辫了

你已自食其力

我生下你
不是为了成全谁
而是我有一颗母亲的心
从不奢望你感激我
我知道不能一直陪着你
在当下遇见最美好的你
你是我今生的幸福

今天是你的生日
我用五音不全的嗓音
轻轻哼唱着生日歌
默默为你祈祷：
愿你的生命之树开出艳丽之花
芬芳无处不在
愿人生之路走好走稳
愿你一生平安
幸福永相随

今天是你的生日
妈妈，不在你的身边
可依然会亮起红蜡烛
送上我最真诚的祝福：
祝你生日快乐

没有母亲的母亲节

二十年了
我无数次仰望天空
问行走的云
是否能看见我天堂的妈妈
她还好吗

二十年前的秋天
我失去了生命中的最爱
远去的妈妈
她把我的快乐一并带走

每当有炊烟升起的时候
我总是想起妈妈的味道
一次次的呼唤
思念的泪水
浸泡着我的痛

多少个春秋

想念妈妈的梦
在天地间浮现
在季风中憔悴
在时光中飘零

今夜
思念的潮，再次涌起
我轻轻叫声“妈妈”
您是否能听见女儿的呼唤
您是否能进入女儿的梦境

梦中的母亲

在梦的温馨里
母亲温暖的手
在我的发丝间游走
久违的爱点燃心的牵挂

梦中　思念划过母亲
温柔的目光
长情的魂绕里
呼唤着天伦的长依

在隔世的恍然里
看见　母亲在天堂
那依然慈祥的笑容

五月，劳动者之歌

踏过落花入泥的足迹
来到树木葳莛的季节
铺开红红的诗笺
写一首赞歌

我歌唱的是
为了我们的衣食住行
更安全，更温暖
奋战在第一线的工人
为他乡的高楼大厦添砖加瓦
天南地北的工匠

我歌唱的是
坚守在平凡的岗位
与风霜雪雨较量的环卫工
把荒漠变绿洲
荒山耕耘成万顷粮田
善良、质朴的父老乡亲

我歌唱的是
从青春飞扬到白发苍苍
把毕生的精力
奉献给教育事业的教职工
是攻克科技重重难关
让国人扬眉吐气的科研人员

我歌唱的是
使行走在生命边缘的人
重获新生的白衣战士
危难的时刻
与生命逆向行走的军人

五月，我要向全世界的劳动人民唱首赞歌
歌的名字就叫——劳动者

秋风行韵

秋　韵

季节热情的邀请
让秋天在大自然的画笔下
就开始描摹，渲染

看，满山遍野的草木
被涂染成一片黄红
遍野的庄稼
露着金灿灿的笑容
弯着腰向大地致敬

沙岗上，千姿百态的沙地榆
依然倔强地站在那里，昂首挺胸
华丽的战袍内
包裹着坚韧和威武

秋日的黄昏
晚霞映照着相恋的身影
看，河边水天一色的落日
凝望着火烧云上镶满的情节

南飞的大雁
在空灵悠远的天空
中歌唱
用眷恋排成“人”字

风把叶子吹得翩翩起舞
如散落一地的惆怅
在记忆深处徘徊
孤寂写满了乡愁

悲凉和寂寥
让多愁善感的心更安静
那是对自然的流逝
练就了一份淡然的接纳
枫叶黄了又红，红了又黄

十月你好

仲秋落叶飘飘
像秋雨不舍的缠绵
九月的脚步
踏碎多事的秋天

气温渐冷了秋的气息
光阴总让我们措手不及
落叶铺满金色的道路
阳光在树影间
编织着一场浩大的归梦

停留在秋的时光里
我们看见了流逝的光阴
还有不再年轻的自己
言不由衷地说一句
九月再见十月你好

叶之秋

初秋　沐浴在凉意之中
闲庭信步
看树叶簌簌飘落
那些滑过发丝　肩胛　散落脚尖的苍凉
不经意地成了萧瑟
心间那份浓浓的依恋
对生命尚息的温度
在心灵深处依依不舍

轻柔柔地
拾一枚叶儿在掌心
轻薄得丝毫没有分量
映入眼中的一抹一抹的瑟黄
不敢用力
摊开掌心将其虔诚地托着
清晰的脉络
与掌心的曲线重叠纠缠
那些看不出的端倪
成了梦中逃不掉的羁绊

片片凋零的叶儿
曾活泼清浅地绽放
迈过一季繁盛葱茏
最后终将在荒芜中离去
真是爱到无言
痛到无声

秋　果

经历了青涩
岁月风雨的洗礼
它是甜的

曾经的热情
在枝头凝结成梦
它是红色的

生命的存在
它，更靓丽
秋果，大自然的恩赐

枝头的那一枚红果

渲染一片自己的天空
那一抹红
这世界我来过
灿烂过，更深爱着

看远处的风景
听生命的呼唤
触摸人间的冷暖

停驻枝头
告诉我心与心之间的距离
慢些凝结，凛冽寒霜
别让残酷的现实把生命覆盖
把爱轻轻掩埋

秋　绪

站在季节的角落，叶落成殇
满心静语的思绪
跌宕成一首岁月的歌

心事被揉进秋风
情怀被放逐在流年
一切都在空无中站立成诗意

一道风景，一段生命
看秋叶飘飞，奔赴一场新的征程

叶子的故事

初冬，依稀的叶子还在风中遥望
倔强地站在枝头，坚守着时光
如母亲般，躯体有些干瘦
爱，却依然那么浓烈

秋天，飘零的叶子
为年轮划上休止符
难以割舍的眷恋
紧紧地握着枝头的手
把曾经的灿烂
放在大自然的怀中

一片叶子，一个故事
从每一个清晰的脉络里
解读着平凡与伟大
腐朽与神奇
让梦在岁月里延伸

邂逅明天

一转身
落日哭红了秋叶
萧瑟了尘世的眉梢

蓦然回首
深深浅浅的脚印
需要我们用心去铭记

欢歌、泪水，还有点点的感动
都被尘封在心底
纪念被岁月遗忘的东西

经历一个个季节
经历一个个日子
生命在一寸寸缩短
时光在一点点流逝

那些消逝的日子里
一切的一切都值得回忆

哪怕，是分离

告别了昨天

拾起遗落的叶子

捧一轮皓月，邂逅明天

光阴如风

坐在秋夜的窗前
感受时光变得凉爽
一些风景还在
上都河畔流淌

夜的世界很安静
心跳的声音
敲打着记忆的窗棂
往事难以忘怀
却经不住时光的推敲

当季节流走
什么样的平仄能留住
曾经深深浅浅的足迹
就像树叶逃脱不了凋落的结局

翻越这个季节
故事，会被遗忘
蓦然回首
光阴如风

行走在秋风中

风改变了方向
叶子，爬满了秋色
来去匆匆的脚步
清唱着收稔的秋歌

脚步踏着落叶的节奏
拾起记忆的碎片
抚平年轮留下的黯伤
把希冀送给远方

心在茫然中颠簸
目光追随秋的姿色
雁阵把天空抬高擦蓝
白云把人间悲喜写在天地之间

花，凝聚着缤纷艳丽
秋菊漫溯着久远的思念
畅想着月圆的瞬间
铺就了九九登高的路

秋风习习

漫步一叶金黄

一半，重拾过往

一半，写满希望

草原中秋

风，贪婪季节的颜色
白云飘动着北国情韵
羊群悠然着深秋的丽景

树和树挨在一起
吹着口哨
那一串绵沙棘果
穿上了橘黄的秋装

秋叶，与草木串联
草原小镇又身披霞光
阳光努力挽留着每一寸光阴
用一池静雅梳理丰收

节日的氛围映红了世界
也映红了牧民的脸庞
亦如红红的国旗飘扬
装点着民族团结
国泰民安的盛世之象

爱的永恒

葱茏的初秋
湮没不了藏在岁月里的渴望
不变的承诺
灯火阑珊处守望远去的繁华

爱　穿梭在日子的罅隙
续写　旷世奇缘
浮动　生命的执念
拥风追赶梦的方向

触摸季节的冷暖
指尖划过尘世的烟火
生命的华丽
落在你的眼眸深处
成为一种永恒的牵挂

秋夜遐思

中秋夜，寒凉
有风，迎心袭来
有一种说不出的
酸楚、惆怅、忧伤
慢慢地滋生

想念一闪而过
掀起记忆的波澜

独坐窗前
遥望明月
没有来由的
任泪淌过每一寸悲伤

夜相思

夜色恬淡
抖落一身的疲惫
听内心呢喃
往事
宛若一帧画卷
脑海里
所有的色彩，涂满思念
带着感怀，带着忧伤

藏于内心的曾经
用执念，缅怀过去，祭奠流年
我与你，是画卷中两笔相溶的色彩
有笑有泪，用新的笔调谱写着千年之恋

生命的罅隙里，开始想你
采撷一颗红豆捎去无尽的思念
两个人的落寞，一个人背负记忆的
枷锁，锁不住前行的脚步
曾经，成了最美的记忆

岁月雕刻容颜，流年蹉跎背脊
种一段记忆，在风里
思念的枝节开始生根发芽
心抛在记忆里，走完剩下

冬之绪语

走进冬天

雪花飘落一地吉祥
灯火氤氲一片温馨

刺骨的寒风，是前行的动力
洒脱的云，是无忧的向往

枝头，不肯离去的孤叶
隐约眼前的一抹葱绿
空地上嬉戏的鸟雀，眼前一亮

采一朵冬日的白云
携一缕冬日的暖阳
心温暖着整个冬季
脚走在通往春天的路上

思　雪

雪　仙人眼中滴落的情
在广袤的大地上书写
纯洁　明净　无瑕

初冬的原野浩然如斯
你晶莹剔透的身影
是一场生命的开始
在这片多情的草原上
期盼　你舞动的妩媚

心中的激情
拥抱你宽阔的胸怀
眼中所有的豪迈
是你永恒的北国风情

你是洁白的使者
你是圣洁的精灵
让我用一个诗人的方式来思念
用这世间最华丽的词语
为你写一首盈满墨香的小诗
让多情的风儿捎给你

等一场雪

好想
用一场雪的飘洒
让我的激情燃烧岁月
可我用什么去迎接那
漫天飞舞的神话

翻遍沙地的记忆
寻找落叶孤寂的语言
那一片羞红的叶子
正渴望一场浪漫的银装素裹

如此干裂的冬天
不是我们想象的样子
是我负了你的真诚
还是　没有为你吟诵赞美的诗歌

暖冬
见不到蜡梅傲雪的风姿
期待　一场迎春的雪

正走在浑善达克的路上
等一场雪
是一个多么美丽的守望

盼　雪

今夜　静守窗前
摊开双手　执一念心思
迎接来自远方的梦落

仿佛听到凌寒的雪花儿
以轻盈的脚步
穿越天地　穿越茎脉
把相思抵达枝头

仿佛看到你踏着厚重的光阴
走过风尘的浩瀚
用执着永恒的生命
赶赴一场梨花满天

初 雪

雪来得很辛苦，她不远万里
穿越连日的云雾和烟雨
经过时光的凝结
终于，降落在午后的小城
纷纷扬扬，拉开了冬的序幕

一朵朵，一片片
悠然地在天地间飞舞
给山巅围上围巾
把树林装扮得晶莹剔透
亲吻，每一寸光阴
让沃野在绒被下孕育新绿

等雪，也等你

时光的凝结
你飘落于上都城
山坡的树梢挂起冬的问候

把你藏进我的世界
那是一首暖意的小诗
诉说着岁月的温馨

把你放进心间
是一朵晶莹的雪花
在冬季的思绪里
氤氲着我的思念　你的温柔

把你请进生命
是一滴泪珠的诉说
雪终融化进岁月
记忆铭刻着一往情深

你那一抹莹白

在子夜或在清晨
悄然来临
与我素颜相见　情拥流年

一场如约的雪
是我们厮守一生的契约
在魂牵梦绕中笑谈前世今生

听听那雪的声音

听雪
雪飘过旷野的脊梁
旋律驻扎在脑海中跌宕起伏
一曲悲壮冲破冰天

雪在睡梦中低吟
大地在歌声中诉说
漫天雪花飞舞如玉
粉饰着广袤无垠的苍穹

听金莲川的脚步
追逐着浑善达克的宽阔
至纯至美的梦
捂着你宁静的心窝

雪　花

轻轻地你来了

素白的衣衫
婴儿般的纯美

曼妙的身姿
以风为枝，云为土，梅为心
飘洒开合，落絮纷纷

我把你描进画里
摘进诗行，冬天
寥落的清寂里
忽然就有了日子的温度
浪漫的情调

带着寒意　浪漫

和风，阳光，心
诗意从远方而来

在树的枝丫上
挂满了秋的回忆
惊艳了初冬的夜晚

飞雪的世界，曼舞的精灵
亦如一个个玲珑的字眼
跃过时光的分水岭
在生命里排列成一首首小诗
陪我一起陶醉

大雪

伫立窗前

看那飘飘洒洒的雪花
宁静　舒缓　轻舞
调皮的风儿随着摇晃

推开小窗　冷风扑面
冬情的诗意一涌而来
丝丝眷恋
唤起多少儿时的记忆
好怀念那些
滚雪球　堆雪人的日子

雪花在手掌中融化
亦如悄悄远去的童年
心开始澎湃
思绪穿越空间
我跌在一场雪里回忆　沉醉

大雪　一个像西北汉子的节气

风尘仆仆踏寒而来
用无限的豪爽和激情
点燃了一朵朵怒放的蜡梅

漫步风雪
歪歪斜斜的足迹延伸向远方
恰如自己一世沧桑历程

麻雀为觅食鸣叫
生活被大雪捂得严严实实
忽然觉得普通　卑微地活着
也是一种美好和幸福

一场轻盈而厚重的雪
把一些过往埋葬
新的生命在寒冷中思考
等待春暖花开的日子
看 破茧成蝶　绚烂绽放

冬　至

最短的白昼
让寒冷有些放肆
所有的温暖被悄悄偷走
我像寒冬里的一片落叶
在雪的感叹中随风飞舞
凋落与死亡在轮回中演绎
一切的物是人非
已经渐行渐远
最后才发现
原来只是
自己和自己在周旋

冬 夜

依在冬天的臂弯

感受属于冬与我的宁静
听内心深处，呢喃细语

夹着寒，从街头到巷尾
带着冷，从黄昏到黎明

风是夜色的唯一客人
寂寥，冷漠

长长的冬夜，思念涌上心头

风亲吻着街灯的脸庞
孤独的背影
被昏暗的灯光拉长
彷徨总是垂青左右
恍然间，听见风的呢喃
欲与他同曲
只见它自顾自地
用那支多情的笔，书写着过往

大寒

白色的冬
越过季节的渡口
岁月的记忆丰满着流年
幸福安放进尘世
飘香的年味如期而至
佳节的喜庆
挂上高高的门楣

迎春花的蓓蕾
窥探着光阴里的天伦
青春停留在故乡的矮墙旁
往事已被风干　褪色
夜在诗行里长眠
黎明蓬勃出来的春光
让一帘幽梦又生根发芽

冬之绪

记忆信笺里
心事揉碎
风带来冬天的落寞

岁月里徜徉
吟咏成诗
诉说着这个季节的美丽

捡起沙滩上的贝壳
心声对影月色
洇湿内心世界

这个季节　等过
这个冬天　无悔过

一壶酒，一盏灯

温一壶酒
品味生活
温暖自己
陶醉了一段岁月

点一盏心灯
安放心窝
照亮自己
绚烂了生活

一盏灯，照亮了心空
一壶酒，温暖了岁月

冬天，我喜欢的季节

风
拂去季节的晨光
旷野中的树木
透出骨子里的坚强
诠释沧桑的力量

风
裹着雪中的诗意
飘落在山川，田野
记录着爱的情长
情韵，追逐着家乡

风
改变季节的温度
安静地与雪花对坐
淡然萧瑟
回味着儿时的模样

冬天
我喜欢的季节

时光轶事

致敬袁隆平

一个属于中国
也属于世界的名字
历经半个多世纪的里程
在每一亩稻田上树起一块“丰”碑

用一粒种子的力量
开启了一代“神农”的辉煌
破译了稻香与自然的密码
从此中国人无“饥”

禾下梦未央，举国之殇
唯愿，在另一个世界
用您全部的爱
为每一个贫寒的胃
杂交出最炽烈的营养

张爱玲

曾经被光阴抛弃的女子
身着一袭素锦旗袍
从远处的巷陌走来

她，穿越了民国短暂的风雨
流转季节的轮回
散落一地的
只有清凉的记忆

年少，孤芳自怜
遭遇爱情波澜，痴心不悔
用自己的才华
舞尽明月的光芒

那个阅尽人世沧桑
历经风雨烟云
却让人念念不忘的人
世间因你而唯美
因你而感动，多少年

追 忆

——悼念诗人洪烛

当我知道您的时候
时光封存了所有
于是《山楂树》
就结出了我的心酸

当您踏上乌拉盖草原
成吉思汗就活了
如同那亮起的《酥油灯》
照亮了我的诗心
还有活在文字里的你

军人之歌

站在火红的七月
时光之手
扣响八月的门铃
采撷醉美的词语
吟咏军人的品格

军人
持枪卫国肩扛道义
执守信念志如磐石
为祖国而生
为和平而驻守

军人
注定要驰骋疆场
在风雨中前行
注定要厉兵秣马
任何艰难困苦
都无法阻挡他们
坚定的脚步

色彩斑斓的生活
漫山遍野的花香
军人选择的是
国家的利益在前
民族的安宁在心
他们是祖国的铁壁铜墙

为祖国和人民奉献青春
无怨无悔的精神
在永恒的绿色中激荡
中国军人，威武之师
敢打敢拼，勇猛顽强
谱写着悠扬的和平颂歌
谱写着中华民族
伟大复兴的壮丽诗篇

老　师

老师　淳朴着每一个日子
青春的热血沸腾着生命的里程
朗朗的读书声笑迎四季
科教创新　百年育人
瑰丽的梦纵横春秋

老师　美丽的名字
繁花辉映着万紫千红
与圣贤一同行走在
唐诗宋词的梦境
耳畔回响着民族的强音　经典的传承
生命的心头屹立着不朽的风韵

老师　挺拔的身影如山
斑斓的绿叶上闪动着耀眼的光环
风霜雨雪中耕耘着知识的沃土
无私奉献
披星戴月中有您
枝头举满桃李的芬芳和希望

大　姐

我用手机视频
推开大姐的家门
大姐满脸的喜悦
打开了唠叨

“穿厚点，你的腿怕着凉
少生气，别累着……”

手机很烫
眼被灼伤，有泪水涌出

恍然间
我仿佛看见了妈妈的身影
听着她的唠叨
把我安放在幸福的梦中

现在的我

镜子里
一张写满春秋往事的脸
与我对视
把光阴盘成了一道道年轮

远去的风尘
剔除了年少轻狂
打磨着青涩与锋芒

审美被岁月洗刷成
另一种风景
与好友同欢　一个人独处
花草书籍　手机　十字绣
码砌成生活的所有

一步一步走
一点一点悟
所有的过往
都是岁月的一种恩赐
回望青春
更喜欢
现在充实自信的自己

爱写诗的女人

爱写诗的女人
总是和闲暇时光暧昧
喜欢把柴米油盐茶
赋予诗的风雅和生命的鲜活

爱写诗的女人
总是以梦为马　穿越时空
站在季节的路口
种花、种草、种时光
让影子在阳光下茁壮

爱写诗的女人
总是喜欢把文字注入灵魂
把生活的苦涩
芬芳成春天的花朵
化作前行的动力

女儿出嫁了

一袭白纱　裹着一身幸福
所有的祝福在众人的眼里闪耀
那只从心底飞起的白天鹅
被起伏的祝福淹没

这是时光里永恒的刻骨
这是从幸福中抽离出的爱的起航
就像二十六年前的痛
唤起我生命又一个希望的波涛

掌声拍打着我泪水的长度
女儿带走吧
带上爸妈对你所有的呵护
把它们一起封存在你的闺房

时光孕育了花朵
我的白雪公主也羽翼丰满
飞翔吧　我梦想的延续
我们所有人为你捧上

最圣洁的哈达
愿你一生幸福

你是上苍赐予我们的礼物
你是我们生命里活着的根脉
你是我们的希望
你是我们的全部
你是我们天空里最亮的
那颗星星

请你快乐地去寻找和拥抱
你的未来　你的幸福
除了你甜蜜的笑容
我们什么也不会保留

女儿出嫁了
泪水　流进岁月的纹路
我孤单的世界里
只剩下老头和我

梦中的夜牧人

梦境中
支起一幅画面
一位牧马汉子紧握套马杆
驰骋在草原
和烈马做着力道的较量

雷雨交加的夜晚
一位妇人守着窗棂
叹息着一份深深的牵挂
张望着那个
夜晚放牧的男人

父亲总在夜幕中
像风一样来去匆匆
后来才懂
父亲　每晚头枕着马鞍
听着絮絮星语
思念刻进记忆
父亲　梦中的夜牧人

清洁工

橘黄色的身影
构成了大街小巷的组合
那些低头　弯腰　挥汗如雨
就是一串勤劳的音符
用星光擦拭黎明
用双肩扛起万家灯火

汗珠敲打着春夏秋冬
每一处静谧或喧嚣
都有一抹华丽的舞动
平凡浸染夕阳
伟大铺满每一寸城市

长满老茧的手
托起城市的明净和美丽
忙碌的日子
走过黎明　黄昏　风雨

每个平凡的日子里

都是灵魂和双手的耕耘
纵然收入微薄
你们依然执守初心
在每一个明媚的清晨
和太阳一同升起

手术台上的医生

——致锡盟蒙医医院肛肠科主任于立军

虽然你被遵称为天使
但我也不敢亲近你
怕你手术刀
那丝丝的寒气

我不想走近你
可是病灶总是给我们
搭建桥梁
命运有时候是情非得已
我成了你手术台上
一个普通患者

麻醉师的语言
也具有安抚神经的功效
我将成为一个舞台的标本
你率领着白衣使团
粉墨登场
我祈祷迎来一场精湛的技艺

我不敢质疑你剥离病灶的能力
你娴熟的技艺
我没有麻醉之前就明白
你这是用一场演绎
剔除我心灵和肉体的痛
用一袭白衣
重生我康复的梦想

因为有您

因为有您　我有了生命
有了与世界相拥的机会
从此　血脉里就流淌着春夏秋冬
在您的怀里
我的哭　我的笑
我的喜怒哀乐
都是您世界里的晴雨表
我幸福的在您怀抱里茁壮成长

因为您　我的天宇是那般广阔
享受着日与月的光亮
在迷茫的黑夜里
我也不会害怕
用您赋予坚定的信念
追寻着人生伟大的理想

因为有您　我的希望与春天齐飞
乐于奉献　敢于拼搏
在人生的悲喜轮回中

哭与笑都写满坦然

一如既往地用

一支笨拙的笔触抒写生命

讴歌生活

感谢您赐予我肉体和灵魂

飞雪之夜

窗外　风轻轻翻动着雪花
记忆中的那朵梅花
是否依然绽放着嫣红

一场风雪
掩埋了光阴的足迹
我以一朵梅花为引
让流淌的激情喷薄出春的韵味
为寒冷的冬天撑起一份浪漫

雪的尽头是一座山的脊梁
古铜色的胸膛
盛满朴实与厚重
所有纯情的飞舞
是我永不泯灭的信仰

寒风如潮的冬夜
让心灵的炉火点燃吧
就让　每一片雪花
来敲打我的傲骨

她

她用季节的针脚
绣出了春天的艳丽
在一朵朵花开的时候
将希望播在太阳下
种在心田里

爱的雨露
让岁月有了灵魂的不朽
生命的色彩在灿烂中延续
你银针花线的飞舞
舞醉了一个又一个日子
整个世界的素衣清颜
千娇百媚

午夜时分

夜半又醒
被漆黑紧紧的包裹
爱人有韵的鼾声
此起彼伏的歌唱着

思绪在黑暗的缝隙里寻找
那些丢失的记忆
生命中流淌的小河
如今 你奔向了哪里

一场雪压着寂寞的夜
那些激荡的思想
滋润着一双期盼的眼眸
久久的 久久的无法平静

充满稚气的童年
晶莹成梦中纯洁的绒花
在夜空中挥舞着曾经
无法释然的生命
璀璨成黎明渐长的光芒

草原的呼唤

——纪念诗人海子

三月　春风
墓碑
旁边徘徊

草原上
雨雪交加
风，压低了声音闷吼
似要撕碎自己的喉咙

那是它们
带着大海的嘱托
用草原特有的方式
来唤醒沉睡的诗魂
让《十个海子复活》

写给自己

飘落的树叶
推动着时间前移
斑驳的尘影
定格在每年的阴历七月
奢侈的日子总有那多美好
诠释着苦尽甘来

庆幸自己
出生在收获的季节
金灿灿的世界中
我收获着一份份厚重

霞光穿越黑与白的罅隙
我不愿和你失之交臂
在人来人往的红尘里
刹那间的凝眸
便串起我今生的回忆

今天
一个人的节日里
辽阔的岁月中
长满了温暖和幸福

思　念

心中泛起牵挂的涟漪
隔着时光的距离
从海角走到天涯

心中安放不下更多的人
年华的距离
紧紧联着彼此

手中牵绊着风筝的引线
天空与地面间的距离
有了白云和大地的亲密

陈年的酒让人醉了又醒
无论身在何方
地老与天荒生生相守

仰望星空一轮明月
任时空旋转
相亲相依的眷恋
在岁月静好间安放

后　记

真没想到，自己也能出本诗集。很欣喜，但更多的则是感动。如果没有大家的支持、鼓励、赞赏，就不会有这本《岁月留痕》。

席慕蓉说：“现在有人可能认为诗比较没用，比较无聊，痴迷于诗是件很奇怪的事，但是诗是帮助我们渡过患难的力量。”这话对于我来说，深以为然，一路走来，留下了一条诗歌的河。全书的名称《岁月留痕》也由此联想而来。

1968 年 7 月，我出生在一个贫困的农家。我的出生，给这个家庭带来了欣喜，同时也带来了伤痛和压力。在我一周岁的时候，同龄的孩子开始牙牙学语、蹒跚学步，而我却站不起来。父母心疼不已，决定到外地求医。于是妈妈和大姐带我走上了求医之路，我们先后来到张家口 251 医院、市附属医院进行全面检查，最终的检查结果是先天性脑瘫，并被告知没有好的治疗方法。

当一家人陷入绝望时，小镇上来了一批响应党的号召支边的医生，其中有一位骨科大夫。爸妈把我带到他面前，把病历交给他。这位医生看过后，坚定地说：“大妈，把孩子交给我吧！”就这样，妈妈和大姐轮流背我去扎针。

有时天气不好，那位医生就会带上药箱去我们家里治疗，从不间断。经过一年的针灸、按摩，再加上爸妈与大姐的精心照顾，我终于站起来了，会走了。虽说不能和正常人一样行走，但我内心充满感激之情。

光阴似箭，转眼到了1984年，我初中毕业了。那时候，只要初中毕业考上中师，得到中专学历就可以有一份不错的工作。我的梦想也是上师范学院，做一名教师，与天真烂漫的孩子们在一起。于是，我放弃了读旗里的重点高中，而选择复读。复读期间，在自己的努力和老师的执教下，我取得了优异的成绩。可由于身体的原因，却被中等职业院校拒之门外。正当我饱尝精神之苦，萎靡不振之时，传来了一个好消息：上海专家医疗队受国家和政府的指派进驻内蒙古做三康救助。在旗医院老院长的帮助下，我做了一次肢体矫正手术，从此右脚能放平了，走路也平稳多了。旗民政部门的领导还去医院看望了我，给予了500元的救助。可我最终还是没有实现教师梦，但内心深处感受到了阳光般的温暖。

1993年，经同学介绍我和丈夫相识，并组建了家庭。1995年，我们的女儿出生了，给这个幸福的小家增添了快乐。我们感觉浑身有使不完的劲儿，日日辛勤地劳作。丈夫每天把田地的活儿干完之后，还要做点别的活儿，挣点零用钱补贴家用。我在家带女儿的同时还喂养家畜，种点小菜园。小日子虽说不宽绰，但过得有滋有味。

时光荏苒，转眼女儿考上了锡林郭勒盟二中，为了照顾女儿，也为了生活，我们一起去了锡林郭勒盟。在那里丈夫和他的弟弟干家政装修，虽然辛苦，但收入还不错。一家人在一起也开心。我每天别的不用管，就负责丈夫和女儿的衣食住行，日子过得很开心。

2012 年 7 月的一个夜晚，我们被雷声惊醒。那年雨水大，我们住的地方地势低。丈夫赶紧穿衣起床出去查看，不一会儿回屋叫我和女儿起床，院里已经进水了，准备撤离。其时院外的水已经很深，院门打不开了，我们被困在了屋里。在这危难之时，是我们的人民警察赶来救援，他们搀扶着我和女儿顺着木梯上了小房，再把梯子放到院外。邻居们也这样一个一个地从院里面出来，巷道里的水已有一米深了，人们手拉着手在救援民警的带领下往安全地带转移。

由于我身体不好，沾水会加重病情，丈夫准备背我。这时，一位身材高大的警察走过来对丈夫说："大哥，你领好孩子，我来背嫂子。"就这样我从木梯直接到了警察同志的背上，在另一名警察的协助下我们一家人到达了安全地带。至今，我也不知道他们的姓名，但在百姓危难之时，他们诠释了人民警察的责任和担当，让我感受到了党和政府的温暖。

由于年龄的增长和没有良好的身体基础，我的身体状况越来越差，日常生活需要别人照顾，丈夫又没有固定收入，我们的生活陷入艰难。我如同是在黑暗中跋涉的路人，虽然不停地努力，但仍看不到光明，看不到希望，更看不到终点。镇政府没有忘记我们，及时伸出了援助之手。社区为我申请了最低生活保障金，女儿上学也享受到了政府补贴，一家人的生活有了基本保障，脱离了捉襟见肘的状态。

2012年，哈毕日嘎镇社区又给我申请了公租房。2014年，我从锡林浩特市搬回了正蓝旗，住进了温暖、方便、整洁的公租房，结束了颠簸之苦。由于长年在外，村里的房屋没人管理，已经破败不堪，成了危房。村委会联合镇政府再次出手，同学们也纷纷捐款相助，帮我翻修了房屋并砌起了红砖院墙。

岁月蹉跎，一路走到中年。我想圆自己的一个梦，那就是用文字记录生活，抒发心声。2017年，经同学任德银、李海宏介绍，我结识了李慧兰、韩晓红、孙永斌、若兰等盟内外作家老师和一些真诚善良的朋友，并和上都诗词学会会长郭海鹏取得联系，参加了旗文联、上都诗词学会组织的文学创作培训班。那时我明白了文字原来没有贫富贵贱之分，她可以穿越时空，甚至生命。这让我信心满满，有了读诗写诗的感悟和激情。几经历练，我完成了处女作《童年》，且创作灵感像一粒居住在灵魂深处的种子，自此一发不可收拾。我的作品《春来了》《因为有你》《我的正蓝旗》等100余篇诗歌、散文作品在《草原》《内蒙古风采》《内蒙古晨报》《锡林浩特》《湖北诗刊》《深圳诗歌》《文学月报》《诗世界》《锡林郭勒日报》《西部散文选刊》等区内外报刊和上都在线、今日头条、中国阴山作家网、中国网草原频道上发表；《六月的元上都》《冬夜》《畅写岁月的眷恋》《红月亮》等诗歌，还入选《南国文学选粹》《中国诗歌年选》《中国现代千家诗》和第三届“芙蓉杯”全国文学大赛诗歌作品集。我所创作的20多首微诗，先后在拉萨市文联、作协、西部散文学会、南国文学社和茶山花诗社等举办的征文活动中获奖，并被内蒙古诗词学会、锡林郭勒盟诗词家协会、锡林郭勒盟作家协会和正蓝旗上都诗词学会吸收为会员。

2019年，我参加了全旗“金莲川拾遗”征文比赛，通过诗歌的形式，让读者感受了曾经在金莲川上留下风云变幻车辙的国家级非物质文化遗产勒勒车的人文情怀。这是一种具有生命和力量的，草原人依依不舍的人文情怀。我的作品因主题鲜明，反映了少数民族非遗资源的特色，体现了非遗保护成就，被评为获奖作品。2020年，我参加了正蓝旗政协举办的采风笔会、全盟“锡林河”湿地公园采风活动。我创作的诗歌《心中的那朵花》，因作品手法新颖，意境优美，被评为获奖作品。

这些作品的完成让我领悟到文字是灵魂深处的真情独白，是内心思想的真实呈现，是生活情感的真挚流露。它虽然与现实有一定的差距，但是当我们失意、彷徨、忧伤的时候，文字却能让我们的心情平静下来，能让我们失落的心受到启迪和安慰，看到希望和光明，让生活充满诗情画意。在此同时，我也感受到了人与人之间的慈爱，以及社会主义大家庭的温暖。

回首往事，我从一个残疾少年，成长为诗词和作家协会的会员，作品能够获奖并集结出版成书，除了自身的不断努力外，每一次微小的进步，都离不开有关部门的关爱和大家的鼓励。

感谢郭海鹏老师为我的诗集作序并对全书进行审读，也感谢各位良师益友和读者朋友对我的信任和支持。诗歌之于我，是基于无功利的自我表达，是人生乐趣，是精神寄托。在今后的日子里，我将继续用素纸和便签记录流年；用一字一词书写时代变迁；用真诚和快乐感动自己，感动他人；用良好的心态诵读最美的世界，继续诗与远方……

总之，我有我的诗，便觉得心灵富足，不枉此生！

刘冬梅

2021年10月20日